パレット文庫

きみは僕の恋の奴隷♥

南原　兼

小学館

登場人物紹介

滝岡《たきおか》疾風《はやて》

名門私立男子高２年、剣道部部長。義兄《ぎけい》・祐介に心身を弄《もてあそ》ばれ、やがて本物の愛情が!?

瀬《せ》名《な》祐介《ゆうすけ》

疾風と同学年の超美麗生徒会長。相変わらずスリル満点のえっちで疾風の身も心も翻弄《ほんろう》。

塚原《つかはら》竜司《りゅうじ》

疾風の幼なじみ。剣道部副部長。部の合宿で貞操《ていそう》の危機に!?

花月《かづき》・ヘミングウェイ

ロスから来た超美形天然ボケハーフ。本命はやはり竜司か？

夕月《ゆづき》・ヘミングウェイ

花月が怖がる双子の弟。祐介に色目を使うＳ系お色気美人！

もくじ

こうじま奈月

きみは僕の恋の奴隷♥

〔プロローグ〕王子と王子はアチチな関係★

「ばかっ。なにしてんだよっ？」

文武両道《ぶんぶりょうどう》の名門私立男子校、紫紺《しこん》学園高等部の第一体育館。

その立派な舞台の下につくられた幾つかある個室のひとつの中で、二年E組に通うオレ、滝岡疾風《たきおかはやて》は、人の舞台衣装《いしょう》を剝《は》ぎ取ろうとしているキチクなやつを相手に、果敢《かかん》にも抵抗を試《こころ》みようとしていた。

「なに…って？」

整いすぎってくらい綺麗《きれい》でかっこいいそいつは、戸惑うようにまばたきすると、軽く首をかしげながらオレに訊《き》き返してきた。

「着替えを…手伝ってあげてるところだけど…。ほら、僕って、疾風の奴隷《どれい》だし」

よく言う。

「どこが奴隷だ…？　いっつもやりたい放題の俺様のくせに…」

そう。男ばかりの学園内でも近隣《きんりん》の女子高生にもモテモテのこの生徒会長様、瀬名祐介《せなゆうすけ》は、優しげな見かけとは大違いなキチクキングなのである。

おまけに、同じ二年だが、エリートの集まるA組でも成績トップ。無駄《むだ》に元気なことだけがとりえのオレにとっては、もっともそばにいてほしくない相手だっていうのに…。

なんの因果《いんが》か、オレのおふくろと祐介の親父《おやじ》さんが再婚しちゃったせいで、オレたちは義理の兄弟として、新築のマンションで一緒に暮らすことになってしまったのだった。

そんな矢先に親父さんがシンガポールに転勤が決まり、心の準備もなしに二人っきりの生活が始まったわけだが…。

「疾風、こっち向いて」

「え？」

と、顔をあげた拍子《ひょうし》に、すばやくキスを奪われてしまった。

「んっ、んん…うっ」

いきなりディープかよっ。

とりあえず他人の目はないとはいえ、学校の中で…っ！

…って、いまさらなんだけどさ。

キス程度なら、図書館とか保健室とか音楽室とかでもやったことあるから。

全然自慢じゃないけど、祐介が執務《しつむ》に使ってる生徒会長室では、それ以上のことだってやったことがある。

それも、数え切れないくらい…。

こんなオレたちが、甘い新婚ムードを残したまま海外赴任《ふにん》してしまった両親たちのいないマンションで、燃え盛る欲望を我慢できるわけもなくて。

つまり、オレたち、男同士で義理の兄弟にもなっちゃったくせに、それこそ新婚さんか…ってくらい甘々ラヴラヴで、おまけにやりまくりの生活を送っている、秘密の恋人同士なのであった。

最初は、家事全般をやってもらう代わりに、祐介の奴隷《どれい》にされて無理やり…って感じではあったんだけどさ。

最近やっと本気で愛されてるのがわかった…っていうか。

ほだされちゃうよな？　一途《いちず》に愛情ぶつけられちゃうと。

ついでに、祐介とのエッチは、正直めっちゃ気持ちいいし。

ただ、ちょっと甘い顔すると、すーぐつけあがるから、調教がそれなりに大変といえば大変なのだ。

　ついさっきだって…。

　学園祭の生徒会主催《しゅさい》の劇の本番で、いきなりほんとにキスなんかしやがって！

　隣国《りんごく》の王子と王子の友情物語のはずなのに…公衆の面前で…っ。

　幕がおりるなり、この楽屋《がくや》に駆けこんだからいいようなものの、どんな顔をしてみんなの前に出ればいいのか、考えるだけで頭をかかえて床にしゃがみこみたくなるオレだ。

（ちくしょーっ。祐介のばかやろうっ！）

　襟首《えりくび》をつかまえて、思いっきり責めてやりたいところだが、口の激しく達者《たっしゃ》な祐介のことだから、

『疾風だって、ノリノリだったくせに…』

　…なんて、逆にオレの立場が悪くなる展開に、うまくもちこむに決まってる。

　だから、うかつな発言もできなくて、オレのイライラ度もさりげに上昇中だったりする。

　なのに、祐介ときたら…。

「舞台の上でやった情熱のキスも極上《ごくじょう》の味だったけど、ひと仕事終えたあとのキスも最高だね」

　なんてことを、平気でのたまってくださる。

「う…」

臆面《おくめん》もなくそんな台詞《せりふ》を吐く祐介の甘ーいまなざしが結構膝《ひざ》にきて、怒るよりも思わず脱力してしまうダメなオレだ。

「どうしたの？　そんな悩ましげな目で僕を見つめて…」

いや、一応にらんでるつもりなんですけど…。

祐介と話してると、なんだかオレのほうが間違ってる気がしてくる。

きっと祐介の心には、自分自身に対する不信や迷いがまったくないせいだからに違いない。

はぁ…とため息を零《こぼ》しそうになるオレの唇を、もう一度優しいキスで塞《ふさ》ぐと、祐介は、壁にはめこまれている鏡のほうに向けて立たせたオレを、うしろから抱きしめながらささやいた。

「疾風、乳首、たってる…」

勝手にはだけさせた人の胸《むな》もとに、許しもなく、てのひらをつっこみ、指先でいやらしくまさぐりながら、祐介が低い笑いを洩《も》らす。

「はぁあー？」

ますます脱力するオレの耳もとで、祐介は、吐息混じりのセクシーな声でさらに続けた。

「好きだよね、疾風。胸、いじられるの…。女のコみたいだ」

「な…」

なにーっ！

こんなに男らしいオレをつかまえて、よくもそんなたわけたことをっ。

厳しい剣道部で、ちゃんと精神も肉体も、鍛《きた》えまくってるこのオレに…っ。

「誰がっ。そんなうそついて、人をうろたえさえようとしても、そうはいかないからな」

オレが言い返すと、祐介は、心外だ…って顔でオレを見つめる。

とっさにオレは目をそらすけれども、鏡の中に、オレのことを見つめてる祐介が映っているのを見てしまって、ついキュンとしてしまった。

こいつ、キチクなことばっかりするけど、やっぱりオレのこと、本気で好きだよな？

マジで元気なだけしかとりえがないんで、祐介の気持ちが全然わからない。

だって女のコでも、それこそ男の綺麗《きれい》どころでも、選び放題だろーよ…って思えるくらい、同年代の男の中じゃ、スペシャルAランクの祐介だけに…だ。

なんでわざわざ同じ男で、それもCランク（か、Dランク…）のオレなんかに、欲情しちゃえるわけ？　…って不思議に思うじゃん。フツウ…。

偶然二人っきりで暮らすようにもなって、男同士で面倒なさそうだし、性衝動のはけ口にちょうど都合がいい。

そう思われたんなら、納得はできる。……ムカつくけど。

でも、祐介の言うことが本当ならば、物心つくかつかないガキのころから、オレに惚《ほ》れてたらしい。

(単に、趣味悪いだけ？)

…って、オレ、そこまで卑屈《ひくつ》にならなくても。

だが、それなりに愛をたしかめ合った今でも、やっぱり不思議だ。

ある日ハッと悪い魔法がとけて、

『いったい僕は、なにをこれまで血迷っていたんだ』

…なんてことを、祐介が突然言い出さないという保証は、どこにもない。

そう思った途端《とたん》、オレの胸はしくしく痛んだ。

最初は、強引な祐介にひきずられて仕方なく…って感じだったのに、今じゃオレのほうが祐介に惚れてる？

それってマズい。

ただでさえ、祐介相手じゃ、オレのほうがずっと分《ぶ》が悪いのに…。

つい目もとがじんわり熱くなって、あわてて手の甲でこする。

そんなオレを見て、祐介は、自分がちょっといじめすぎたと勘違《かんちが》いしたのか、オレの手首を握りしめて言った。

「うそなんかついてないよ。ほんとに疾風の乳首、たってるんだってば」

(それって、フォローになってないよ、祐介…)

ますます泣きたくなるオレの手首をひっぱると、祐介は、赤いレースつきの王子レッドの衣装《いしょう》の襟《えり》もとから、無理やり中に突っこませる。

「自分でたしかめてみなよ…」

「やだって」

あせって手を引き抜こうとしたが間に合わず、オレはしっかりと自分の乳首の尖《とが》り具合を確認させられていた。

「ちゃんといやらしく尖ってるだろう?」

うん…と、オレが素直にうなずくとでも?

「やっぱ、たってない…」

オレの手首をおさえつけている祐介の手をふりはらいつつ、襟もとのリボンをすばやく締め直して、オレは証拠隠滅《いんめつ》をはかる。

「祐介、夢見てないで、さっさと着替えろよ。オレはオレで勝手に着替えるから」

ただし、となりの部屋で…。

そう付け加えて、そそくさと部屋を出て行こうとするオレの腕を、祐介がガシッとつかまえて、引き戻した。

「ダメだ…」

「な、なんでだよっ？」

「僕が夢見がちな『うそつきクン』じゃないってことを証明しないと…」

ううっ。心狭いやつ…。

ちょっと『うそつき』の濡《ぬ》れ衣《ぎぬ》かぶるくらい、笑って許してくれればいいのに。

「そんな小さいこと気にしてるようじゃ、大物になれないぜ…」

自分のことは軽く棚《たな》にあげて、オレは祐介を責める。

すると祐介は、ちょっと前までの殊勝《しゅしょう》な顔はどこへ脱ぎ捨てたのか、キチクににやりと笑って、ふたたびオレの手首を握りあげた。

「いたっ。このばかぢからっ」

なじるオレに、祐介は、怖い笑顔をジリッと近づけてくる。

「かわいい奴隷《どれい》くんがおイタをしたときに、きっちりおしおきできるよう、普段から鍛《きた》えてるからな。こっちも…」

意味深《しん》に声を低くすると、祐介は自分の王子ブラックの衣装《いしょう》の上から、股間《こかん》をオレの手に撫《な》でさせた。

「ひ…っ！」

祐介のそこは、不覚にも息をのみこんでしまうほどの、すごさだ。

「心配してくれなくても、充分大物だろう？」

上品な顔で下品な冗談を言いながら、祐介がフフッと笑う。

そりゃあな、男のしるしがそこまでご立派なら、なにも悩みなんかないだろうよ。

（それに比べてオレは…）

またしても泣きたくなってしまう。

年頃の男のコにとっては、避けてとおれない大事な問題なのだ。

だが、しかし…。

（オレだって、それなりに鍛えてるのに、なんで？）

これもやはり、小柄《こがら》だったという親父《おやじ》の遺伝子のせい？

祐介の倍くらい大飯喰らってるのに、背が伸びないのと、同じ理由ってことなのか？

でもって、祐介が努力もなしにあれもこれもご立派なのは、オレの親父の親友だったっていう親父さんの遺伝子のおかげ？

(ちくしょーっ)

なにもかもが憎らしくなって、とりあえず手近なところにある祐介の股間《こかん》に、膝蹴《ひざげ》りを入れようとしたオレだったが…。

(あれ?)

祐介がさらりとかわしてくれたおかげで、空振《からぶ》りしたオレは、カラダのバランスを崩《くず》し、うしろ向きに倒れる。

「うわぁっ」

床に後頭部激突決定?

思わず目をつむってその瞬間を待つが、ふわりとカラダが宙に浮く。…わけはないので、おそらく祐介に抱き上げられたに違いない。

それも、この感じは、花嫁さん抱っこ。

…って、抱っこソムリエじゃないんだから、オレってば。

まぁ、いろんな抱き上げられ方経験してるから、曲のイントロあてクイズよりは、自信あるかも。

目をつむってても、自分がどんなふうに抱き上げられてるか、ほとんどわかる…って点では。

もしかしなくても、あんまり威張《いば》れない気が…。

しかし、こうやって軽々と抱き上げてくれる彼氏で、ほんとよかった。

…なんて、オレが考えていることは、祐介には秘密だ。

だが、しかし…。

「たよりになる彼氏でよかった？」

自分の首に抱きつかせながら、祐介がフフフと笑う。

「さ、さぁな…。わ、うわっ」

いきなりカラダが、急降下して、オレは思わず声をあげる。

「素直に認めないと、おしりにあざができちゃうかもね」

「うっ。このキチク…っ」

「しつけのためだよ。ありがとうもちゃんと言えない子に育てたら、きみのおかあさんに申し訳がたたないだろう？　責任をもって預かります…って言った手前…」

むっかー！

「なにが預かりますだよっ！　同い年だろっ」

ソッコウ言い返すけれども…。

「料理どころか、お風呂掃除《そうじ》さえもまともにできない疾風には、なにも文句をいう権利はないよ」

いつになく厳しい祐介に、ぴしゃりと決めつけられてしまう。

「うう…ぅ」

無念だが、まさしくそのとおりなので、ここは黙るしかない。

「助けてくれて、ありがとう…は？」

「あ、ありがとう」

渋々《しぶしぶ》口にすると、祐介はてのひらを返すように機嫌よくなって、

「いえいえ、どういたしまして。お礼はカラダでいただくからね」

さわやかにそう宣告すると、鏡のはまっている壁の前まで、オレを運んでいった。

「はい。たっちして…」

赤ちゃん言葉で祐介は命令すると、いろんな意味で顔をこわばらせているオレを、鏡の前に立たせる。

「一人でズボン脱げまちゅかぁ？」

むむぅ。忘れていたが、母親を早くになくしたせいかどうかは知らないが、こいつは、母親ぶりっこが大好きなのだ。

前も、おふくろの声音《こわね》をまねて、オレを起こそうとしたり…。

もうとっくに声変わりすんじゃってるんだから、怖いって！　マジで…。
でも…。
おかあさんがいないせいで、小さいころから、自分でおかあさん役までやってたのかも
…って、ふと思った途端《とたん》、オレは祐介をギュッとしてやりたい思いでいっぱいになった。
家事もなんでもこなせて、こんな劇の衣装《いしょう》までも縫《ぬ》えちゃう祐介…。
こいつはなんの苦労もなく、なんでもできちゃうやつだ…って、勝手に思いこんでいた
けれど、もしかしたら全部黙々《もくもく》と一人で努力してきたたまものなのかもしれない。
だって、学校でも、はちまきやぞうきん縫ってこい…とか、ゼッケンつけてこい…とか、
軽ーく言われちゃうじゃん？
そんなときオレだったら、おふくろに頼んどけば、朝にはちゃんとできあがって、枕も
とに置かれてるけど、祐介はきっと、そんなのも全部自分でやってたに違いない。
だから、こんなに器用なんだ。…いや、もともと…ってのもあるかもしれないけど。
「苦労したんだな…」
うるんだ瞳で見上げるオレを、祐介は、きょとん…と首をかしげながら見下ろす。
「たしかに結構苦労したかも…。疾風を僕好みの奴隷《どれい》に調教するのって、ほんと大変だっ
たからさ」

身をかがめてオレの耳もとに、そっと祐介がささやく。

「わかってくれたんだ？　僕の苦労…」

「ち、ちが…っ！」

そんな苦労は、わかりたくないーっ！

「じゃあ話は早い。僕の手を煩《わずら》わせずに、さっさと言うことをきいて」

つまり、王子の衣装《いしょう》のズボンを脱げと？　わざわざ鏡の前で…？

「やだ…」

当然ながら、オレはお断わりする。

脱いだらきっと恥ずかしいことをするつもりだよな？

それがわかってて、誰が脱ぐかよ…。

オレがプイと顔を背《そむ》けると、祐介は、なぜか嬉《うれ》しそうな笑いを浮かべた。

「な、なんだよっ？」

急に背筋がゾクッとして、オレはうろたえながら、祐介にその微笑《ほほえ》みの理由を問う。

すると祐介は、オレの耳を、はむっと咬《か》みながら答えた。

「疾風が、やだ…っていうの、わかってたよ」

「はぁ？」

「プイって顔を背けるかも…って思ってたら、ほんとにそのとおりにするから、なんだかおかしくって」

クスクスッと楽しげに笑う祐介が、本気で憎らしくなってみたりして。

「以心伝心《いしんでんしん》だね？　これも愛のなせるわざ？」

「偶然だろっ。オレはおまえの考えなんて、全然読めないもんなっ」

「それは疾風の愛が足りないせいかも」

ちょっと恨《うら》めしげにつぶやいて、上目《うわめ》づかいに祐介がにらむ。

直接じゃなく、鏡ごし…っていうか、鏡の中のオレを…。

ベタベタされるのも困りものだが、恨めしげににらまれるのも、それはそれでいやな気分だ。

本気で、オレの愛が足りてないような気がして。

ついさっき、オレのほうが祐介に惚《ほ》れてると自覚したつもりだったのに…。

やっぱり心のどこかに、祐介に愛されてるとなにかと都合がいいから…なんていう不純な思惑《おもわく》があるんじゃないか…。って、思えてしまって。

エッチが気持ちいいから…とか、おふくろが祐介の親父《おやじ》さんについてシンガポール行っちゃって留守《るす》の今、ほんとなら自分でやらなきゃならない面倒なことや、身のまわりの世話をしてもらえて便利だからとか。

たしかにそれもある…けど、ちゃんと愛もあるって、自分自身を信じたい。

てか、むしろ、メインは愛。

きっぱりそう言い切れる自信が欲しいのに…。

オレをほんわり包んでいたはずの、混じりっけのない純度百パーセントの祐介への愛は、つかまえようとすればするほど、バブルバスの泡のようにショワショワと音をたてながら、てのひらから逃げてゆく。

(やっぱり、オレの祐介への愛って、ただの都合のいい気の迷い?)

抱きしめられると、胸がキュンとして、もっと下のほうがズキュンとくるのも、愛だとは思うんだけど。

一度自分の気持ちに自信なくなると、もうなにもかもが疑わしく思えてくる。

そういうのって、オレだけじゃないよな?

だが、祐介に限っては、自分に自信がなくなること自体がありえそうにないから、オレのこの微妙な不安なんて、きっとわかっちゃもらえないだろう。

ちぇっ…と舌打ちすると、祐介が、耳もとでため息をつく。

「足りてなくてもいいから…。今きみが愛しうる限り、僕を愛して」

劇の台詞《せりふ》じゃあるまいし…。ほんと、気障《きざ》なやつ。

「ちょこっとでいいならな」

オレも、かなり素直じゃない。

ほんとは、たっぷり愛してやりたいのにさ。

(不純でも、かまわないなら…)

うしろからオレを抱きしめている祐介に、一応…心の中で断わりを入れるのは忘れずに。

「こうしてやるっ」

祐介の首を片手で抱き寄せて、いきなりキスを奪ってやる。

「ん…」

予想外だ…と言いたげに、祐介が喉《のど》を鳴らす。

その色っぽい吐息をきいただけで、股間《こかん》が一気に全勃《ぜんだ》ちになるオレって、いったい…。

「…あっ」

「疾風。ん…、ふ…」

すかさずオレの唇を情熱的にむさぼり返していた祐介だが、息継《いきつ》ぎっぽく口もとを浮かせた拍子《ひょうし》に、めざとくオレの下腹部に気づく。

「疾風…、上着の裾《すそ》、浮いてるよ」

祐介が指摘したとおり、薄い生地《きじ》で作られたオレの王子服の裾《すそ》は、元気になったナニのせいで、前のほうが妖《あや》しく持ち上げられてしまっていた。

「マジックみたい…」

わざとたいしたことのように驚いてみせる祐介が、心底《しんそこ》憎い。

(恥ずかし…)

穴があったら入りたいくらいだ。

しかし、今なら、勢いよく天を向いているそれが入り口にひっかかって、もっとマズいことになりそうだった。

それはそれで、恥の上塗《うわぬ》りもいいところだ。

祐介が失笑《しっしょう》するところが、簡単に目に浮かぶ。

(ぢぐじょーっ)

かなりぐれた気分になりながら、オレはいきなり開き直ってみた。

「ど、どうだ。すごいだろっ。中国三千年の秘術だぜ」

…というほど、そびえたってるわけでもないんだけど、一応…。

フンと顎《あご》をそらすオレを、祐介は、切れ長の瞳をまるくしながら覗《のぞ》きこんできた。

「それはすごい。どうなってるのか、さわってみていい?」

「え？」

予想外の反応だ。

…ってか、祐介、驚いたふりして、実は全然驚いてない？

だが、こっちも、そんなことで驚いている場合ではない。

ここで敵の思うようにされたら、あとはきっとズボンをひきずりおろされ、

『自分でやって見せて』

…なんていう恥辱《ちじょく》プレイを強《し》いられるに決まってるのだ。

「さわると、咬《か》まれるぜ」

オレは脅《おど》すように言う。

まだ劇の余韻《よいん》が、残っていた…ってのも少しはあるけど。

レッドは、魔法の国の王子なのだ。

「そこには、オレが魔法で呼び出した毒蛇《どくじゃ》が、獲物を探して鎌首《かまくび》もたげてるからな」

「……」

(や、やったぜっ！　祐介を絶句させた…)

このオレが口で祐介に勝つなんて、盆《ぼん》と正月が一度にきたみたいだ。

この勝負、勝ったも同然…てわけには、さすがにいかないだろうな。敵は、天使の顔し

た悪魔みたいなやつだから。

オレの百倍は、頭切れるし…。

「疾風…」

オレのカラダを相変わらずうしろから抱きしめていた祐介は、めっちゃ冷ややかな顔をあげて、鏡の中のオレに言った。

「おもしろい」

「は…？」

それなら、いつもみたいに、ふきだすか笑うか…すればいいじゃないかよっ。

顔色ひとつ変えないで、人の冗談にそんなコメントを返されても、こっちだってリアクションに困る。

無言で突っ立っていると、祐介は、最初の予想どおりに、いきなり人のズボンを引きずり下ろしにかかった。

「あ、ばかっ。ほんとに咬《か》まれるって！」

「かまわないさ。疾風の飼ってるかわいい蛇に咬まれるくらい…。むしろ、咬まれたいかな…」

「な…っ。ばかにするとひどい目にあうぞ。毒もってるんだからっ」

引くに引けずに出まかせで応戦するオレに、祐介は、甘いセクシーヴォイスでささやき返した。

「いいよ…。ちょうど疾風の毒で、理性もなにもかも、なくしちゃいたいと思ってたところだ」

（うそつけ…！）

思わず心の中でツッコミを入れる。

たしかに非常識な行為も迷わずやっちゃうやつだが、理性はたっぷり残してそうだ。

ま、理性なくされたら、なくされたで問題ありなんだが。

余裕かまされすぎるのも、結構悔しい。

なにもかも計画的…って感じがさ。

オレのほうには、余裕の『よ』の字もないだけに、なおさら。

なんでもパーフェクトな隙《すき》のない優等生様が相手なんだから、仕方ないって、最近あきらめモードではあるけれど…。

もっと恋に溺《おぼ》れて、大事なこと忘れちゃったり、うっかりミスしちゃったりする祐介も、たまには見てみたい。

…なんてな。よくばりすぎ？

そんなオレの心でも読んだのか、祐介が、オレの耳を咬《か》みながら告白する。

「まだ蛇に咬まれてもいないのに、疾風のかわいい王子姿にボーッとなっちゃって、そこのドアにロックかけるの、忘れてたみたいだ…」

な、なにーっ？

…ってことは、今この瞬間にも、罪のない誰かがうっかりドアを開けて、オレたちの仲良しな現場を目撃してしまう可能性がありあり…ってことかよ？

「うそ…っ」

あせってドアを振り向くオレに、ますますむぎゅっと抱きついてきながら、祐介は、

「ほんと…」

と、オレの耳もとでうなずく。

それも、とろーんと甘そうな声で。

「やばいって。ロックしてくるから、離せよっ」

「いやだ…」

「なんでっ！」

理解不能…。

無関係な一般人…は、こんなところまでは入ってこないかもしれないけど、関係者に見

られても、充分マズいっ。

『着替え、手伝ってました』

…なんて言い訳は、現役《げんえき》とっくにすぎてる最年長の教頭先生くらいにしか通用しないんじゃ？

てゆーか、これから先のことを考えると、それさえあやしい。

『ひとりエッチ、手伝ってました』

…とでも、言うつもりなのか、祐介は…。それも、当然のように、かつ、超さわやかに。

あ、ありえそう。

『そうか、そうか…』

と、納得して去ってゆく教頭の姿を一瞬思い浮かべてしまったオレだが、ハッと我に返って、大きく頭《かぶり》を振った。

そんなマンガのような都合のいい展開、あるはずがない。

ひとりエッチで説明がつく行為ならまだしも、もっとエスカレートすることだってあり得るわけだから。

当然、祐介の気分と下半身の都合次第で…。

「ほんと、やばいから…」

もぞもぞとオレの股間《こかん》を探っている祐介に訴えるけれども…。

「そのときは、そのときさ」

問題なし…って感じで、軽く流されてしまう。

(少しは血迷ってほしい…みたいなことを願ったオレが悪かったからさ、憎らしいくらい用意周到な祐介に戻ってくれよー)

だが、至極《しごく》まっとうなオレの願いなんて、天も祐介もまったく聞き入れてはくれない。

「マジ、やめといたほうがいい…って」

人がチラチラとドアのほうを窺《うかが》っている隙《すき》に、祐介のやつは、オレのものをカンペキに外に引きずり出して、ゆるゆるとしごきあげ始めた。

「うわ、ばかっ」

赤い上着の裾《すそ》から顔を出したオレのものが、いやらしいぬらりとした輝きを放っている。

つまり、オレの先端は、せっかちにも濡れちゃってる…ってことだ。

それを見て、祐介が、咥《くわ》えたさそうに軽く唇を開く。

その奥で、舌の先がゆるりと動くのを見てしまった途端《とたん》、もともと一気勃《だ》ちしていたオレのそこは、ますます元気にギュンと頭をもたげてしまった。

「疾風の蛇クン、ほんと…元気だね。でも、僕にはなぜか咬《か》みつかないみたいだよ」

ほら…と、指先で、濡れた先端をゆるゆると撫《な》でる。

祐介のかたちのいい長い指が、オレのを撫でまわしているところが、しっかりと鏡に映っている。

それを見てしまっただけでも、付け根がズキズキするくらい感じてしまうのに、そんなオレの恥ずかしい姿を、覚悟もなく部屋のドアを開いた誰かが見てしまうんじゃないか…と想像しただけで、オレのそれは燃えるように熱くなって…。

「どうしたんだ、疾風？　ここ、カッチカチだよ」

「うるさいっ」

おまけに、わざとらしく、手を休めたりするなよっ！

…って、オレ、混乱してる？

けど、こんな状態じゃ、歩くのさえ不自由っぽいし。とりあえず服にしまえる状態にはしてもらわないと…だ。

「じろじろ見てないで、さっさと続きやれよ…っ」

「していいの？　誰か来るかもしれないのに」

「く…っ」

いやみなやつっ！

あー、もしかして、ドアのロック忘れたのも、オレに夢中でうっかりして…っていうのは大うそで、ほんとはオレをビクビクさせるための作戦なのかも。

く、くやしいっ。

（誰がそんな作戦にのってやるかっ）

こぶしに力をこめると、股間《こかん》のそれにも、いらない力が入ってしまう。

「も、いい。トイレ行って自分でどうにかするから、どけよっ」

そう言って、祐介を突き飛ばそうとしたオレだったが…。

「あ、足音…」

耳もとで祐介がささやくのを聞いて、ビクンと緊張してしまう。

その瞬間に祐介が、オレのおしりに指を這《は》わせたりするから、もう我慢できなくなって。

「あっ、はっ、ん…っ、んん…ぅっ」

あえいでしまう自分の口を片手でとっさに押さえながら、恥ずかしい液体を、鏡に向けて、勢いよく放ってしまっていたのだった。

〔1〕ピンチは続くよ、どこまでも★

「あーあ。学校の備品、汚しちゃって…」

オレの惨状《さんじょう》を見て、ぎゅっと抱きしめてくれるどころか、祐介は責めるようにそう言うと、自分の持っていた黒いハンカチを手渡す。

「ちゃんと、綺麗《きれい》にふきとらなきゃ…」

「…って、今すぐ？」

そのまま床にガックリとへたりこみながら、オレは、かたわらに鬼のように立っている祐介を見上げる。

「今すぐに決まってるだろう？　こんなところに、こんなもの飛ばして…。誰か来たら、言い訳できないじゃないか…」

「くぅ…」

正論だけど、なんか納得いかない気が…。

（ってゆーか、キチク…）

オレの記憶がたしかならば、いつもならエッチのあとは、もうちょっとは優しいのに…。

『疾風は休んでて。僕が綺麗《きれい》にしておくから』

…くらい、言ってくれてもバチはあたらないはずだ。

なのに、祐介は、そんな気分ではないらしく、オレのうしろ襟《えり》をつかむと、グイとひっぱりあげて立たせた。

「ほら…。さっさとやる！　でないと、人に見られて、大変なことになるよ」

（おのれーっ。おぼえてろよっ）

オレは手にしたハンカチを、ぎゅっと握りしめる。

じゃっかん逆恨《さかうら》み？　…って感じもしないではないが、実際こういう状況に誘導したのは、ほかでもない祐介だし。

憎いものは、憎い。

祐介に恨めしげな視線を投げつつ、仕方なくゴシゴシと鏡をふき始めるが、イッちゃったばかりで膝《ひざ》がガクガクする。

「腰に力が入ってない…」

(おまえは、スパルタ体育教師かっ!)

ってツッコミたくなる感じで、黒い王子服の腰に両手を当てた祐介が、厳しくチェックを入れてくる。

そればかりか…。

「もっと下のほうも…」

(今度は、姑《しゅうとめ》かよ…っ)

と思ったけど、ちょっと違うようだ。

「そんなところにまで飛ばして、恥ずかしい子だな」

それって、いったいどんなプレイ?

勇気を出して訊《き》いてみようと思った瞬間、祐介の両手が、オレの腰をクイッと持ち上げた。

「なにすんだよ?」

「別に…。下のほうをふくの大変そうだから、腰、支えておいてあげようかと思ってさ」

言葉どおりなら、ありがたいんだけどね。

そのとき、オレは重要なことに突然気づく。

「ちょっ、祐介っ。そんなことやってる余裕あるなら、今すぐドアロックかけてこいよ」

そうすりゃ、なにもこんなにあせって、汚した鏡をふきふきする必要はないんだから。

てゆーか、ハンカチ程度じゃ、全部ふきとれないって。

「ついでに、ぞうきん探してこいよ」

「あとでね」

「え？」

あまりに非協力的な祐介の口調に、なにか不穏《ふおん》な空気を感じたオレの、いやな予感は見事にあたってしまった。

「な、なにやって…」

床に膝《ひざ》をついて鏡をふいているオレの腰を、祐介がさらに上にかかえあげるせいで、思わず四《よ》つん這《ば》いになりながら、肩越しにオレは祐介を見上げた。

「見てわからないのは、問題だな」

にこりともしないで祐介は言うと、オレの腰からパンツごと、ズボンを引き抜いてしまう。

「うわっ！」

下がすっぽんぽんということは、ノーパンでミニスカはいてるのと同じ状態…ってことだ。

それも、四つん這い…。

おまけに腰をかかえあげられているせいで、おしり丸出し…みたいな。

もちろん、おしりだけでなく、前にぶらさがっている男の証拠も…。

「やめっ」

片手はハンカチを持ったまま、鏡にすがりつきながら、もう片方の手を前からまわして、オレは股間《こかん》と谷間を必死にかくそうとした。

「なんで、こんなこと、しやがるんだよっ？」

恥ずかしさのあまり、涙目になりながらオレが訊《き》くと、祐介は、しゃあしゃあと答えた。

「苦労して作った衣装《いしょう》が汚れるといやだから」

なるほど…。徹夜して衣装縫《ぬ》ったのは祐介自身だから、それなりに思い入れもあるのだろう。

だが、しかし…。

「パンツくらいは、残しとけよっ」

そのくらいは言ってもいいよなっ？

けれど、祐介は、自分は間違ったことなどしていない…という顔で、自信たっぷりに、オレに言った。

「濡れ濡れのパンツをはいたままだと、疾風のかわいいここが風邪《かぜ》をひくだろう？」

そ、そんな…。

ひくかよ、このくらいでっ。たしかに、気持ち悪いのは、気持ち悪いけど。

だが、下手《へた》に言い返そうものなら、また…、

『風邪なんてひかせたら、きみのおかあさんに、申し訳が…』

などと言い出しそうな気がしたので、オレはクッと押し黙った。

うまい反論の言葉も見つからなかったからだが。

おとなしくなったオレを見て、祐介はすっかり観念したものと勘違《かんちが》いしたらしい。

「よしよし」

頭の代わりに人のおしりを撫《な》でまわすと、祐介は、オレの腰を自分の股間《こかん》にグイと引き寄せながらささやいた。

「いい子にはご褒美《ほうび》あげなきゃね」

「あ、まさか…」

「そう。その、まさか…」

すばやく潤滑《じゅんかつ》オイルつきマナーグッズを着用した祐介が、いきなりぐぐっと、カラダ

を進めてくる。

「ひぁ…っ」

先端が、ずぷっともぐりこんできたかと思うと、一度引き抜かれて、また勢いをつける
みたいに侵入してきた。

「あっ、やっ、うそっ」

鏡にしがみつこうとして失敗するオレの腰をふたたびきつく抱き寄せながら、祐介が、
情感たっぷりに告白する。

「僕が愛をこめて作った王子の衣装《いしょう》着てる疾風と、いいこと…したかったんだ」

オレの両手をつかみ、あらためて鏡に手をつかせ、カラダを支えさせると、祐介はいや
らしく腰をまわしながら、甘いネコ撫《な》で声《ごえ》で言った。

「正直に告白したから、許してくれるよね？」

「ひっ、…ぁっ」

やんわりと突き上げられながら、オレは首をかしげる。

とっくに合体させられちゃってる今、いったい、これ以上なにを許せ…と？

てゆーか、祐介の腰の動き、マジいやらしすぎっ！

ほんと、もう、なにも考えられなくなるっ。

「疾風、返事は？」

「な、なんだよっ」

頭の中真っ白で、なにがなんだかの状態なんだから、難しいことは聞かないでほしいのに…。

「疾風がかわいすぎて、こんなところでこんな恰好《かっこう》で、とってもいけないことをしてしまう僕を許してくれる？」

「許せるかっ」

オレは間髪《かんはつ》いれずに即答する。

祐介がいらないこと言うせいで、ここが学校の体育館の舞台下にある楽屋《がくや》で、ドアには鍵《かぎ》もかかっていないってことを、うっかり思い出しちゃったじゃないかよっ！

オレに思い出させるために、絶対わざと言ったに決まってる。いくら殊勝《しゅしょう》そうな口調でも、誰がだまされるもんか。

「祐介のばか！　キチクっ！」

なじると、オレの中にいる祐介が、ぐぅっと容量を増す。

「ひゃ…。なんで、おっきく…」

オレ、祐介を喜ばせるようなこと、なんか言ったっけ？

「いや。疾風にそんなふうに言われると、妙に興奮しちゃって…」

「う…」

（それって、Mなんでは？）

やってることはS以外のなにものでもないけど、もしかして…。

一瞬、祐介のM疑惑が、オレの脳裏《のうり》を駆け巡《めぐ》ったが、やっぱり気のせいだったとすぐに思い知る。

「僕って、そんなひどい人間？　善良そうでおカタすぎる感じには見えない？」

嬉々《きき》として訊《き》いてくる…ってことは、祐介的に『キチク』な自分に、とっても満足しているってことだったりして。

てことは、逆にほめたらどうなるんだろう？

ただでさえデカい祐介のものが、じらすみたいに動かずに、中でドクンドクンとあやしく脈打ってるのがたまらなくもどかしくて、あやうく自分から腰を振りそうになるのを、まぎらわすためにオレは、無謀《むぼう》な実験に挑戦する。

「祐介…すごく優しそうに見えるよ。頭も性格もいいのに、全然威張《いば》ってなくて…」

よくまぁそんな出まかせが言えたもんだな…ってくらいおおげさに、ほめ言葉の大盤振《おおばんぶ》る舞《ま》いをしてやる。

きっと祐介のものがシュンとなるに違いない…という自分の説に、かなりな自信を持ちつつ、反応を窺《うかが》うけれども…。

「やっぱり？」

祐介がうなずくと同時に、オレを内側から押し広げているえらそうなそれは、おとなしくなるどころか、さらにカタく反《そ》りかえった。

「やっ。うそっ。なんでっ？」

人が、はぁはぁ言ってるのに、祐介は澄ました顔で、オレを鏡に押しつけるようにしながら、自分も両手を鏡につく。

「困ったな。僕はみんなが思ってるほど善良じゃないのに…。昔っから、よくできたいい子だねって言われちゃうんだよな」

「うっ、あっ」

デカいのでグイグイしながら、心外そうにつぶやく祐介だが、実は優等生に見える（…ていうか、実際優等生だけど）自分のことも、まんざらじゃなさそうだ。

と、なると。

（こいつにきく攻撃呪文《じゅもん》って、ないじゃんっ）

ほめられても罵倒《ばとう》されても、そんな自分も結構いいかも…って思っちゃうこいつには、

なにを言っても無駄《むだ》っぽい。

へこませてやるつもりが、逆にエネルギーを与えてしまってる。…みたいな。

ガックリと、冷たい鏡に額《ひたい》をぶつけるオレを、容赦《ようしゃ》なく背後から攻めたてながら、祐介は言った。

「でも、疾風が実は、僕のことをそんなふうに思ってくれてたなんて、感激だ」

そ、それって、祐介の勢いをそぐために心にもないことを言いまくった、アレのこと？

「疾風、口ではひどいことばかり言うけど、本当は僕のこと、愛してくれてたんだね？」

愛しては、いるけど…。

ひどいやつだとも、思ってる。

だから、そんなに感激されると、困るんだけど。

「ありがとう、疾風。おかげで、今僕はとても幸せだよ。生徒会主催《しゅさい》の劇『二人の王子』も、疾風の熱演のおかげで大成功だったし、満足感でいっぱいのところに、思いがけない愛の告白まで聞かせてもらえるなんて…」

(そんなの、してないしてない…)

などとは、とても言えない雰囲気《ふんいき》だ。

なんだか罪悪感…。

ひどいことされてるの、オレのほうなのにっ。

今だって、口では、ロマンティックでまともそうな想いを切々《せつせつ》と語っているくせに…。カラダは紛《まぎ》れもなくSでキチクなのを隠そうともせず、的《まと》を射《い》すぎた腰の動きで、オレの泣きどころを攻めまくっている。

「あっ、やだって。ん、や…っ」

「ふぅん。疾風は、いやだとこんなにかわいく絞《し》めつけてくるんだ？　それは問題かも。ほかの誰かにこんなことされても、やっぱりいやらしく腰をまわしたりするわけ？」

「ちが…っ」

もう、なににどう反論していいものやら。

てか、立ってられない。

はぁはぁ言っているせいか、顔を寄せている鏡がくもる。

「いい加減、素直になればいいのに、疾風も…」

「な…に…？」

「カラダは素直なのにね」

鏡についた片手でカラダを支えながら、もう片方の腕はオレの腰にまわして、繋《つな》がった部分をぐちゅぐちゅ言わせながら、祐介はクスッと笑った。

「なにが、おかしいんだよっ？　このいじめっこ！」

快感と恥辱《ちじょく》がごちゃ混ぜになって、半分わけがわからなくなりながら、オレは鏡にしがみつく。

そんなオレを、うしろからぎゅっと抱きしめた祐介は、強引にオレを振り向かせて、人の顔にキスの雨を降らせた。

このあたり、長年海外で暮らしてただけあるな…って思う。

けど、いまだにそういう愛情表現には慣れなくて、必死に祐介のキス攻撃から顔を背《そむ》けるオレに、やつは言った。

「疾風が悪いんだよ。いじめると、すごくかわいい顔するから…」

「な…」

「もちろん、かわいいのは顔だけじゃないけどね」

そう付け加えると、祐介は意味深《しん》に笑って、わざと大きな動きでオレを突き上げては、二人の摩擦《まさつ》のせいで起こる濡れた音をオレにきかせた。

「ね、感じるだろう？」

オレを抱きしめ、キスしてくれながら、祐介はオレのカラダを鏡に押しつける。

その拍子《ひょうし》に、祐介のものが、オレの突きあたりまで攻めこんできた。

「やぁ…っ！」

すでに勢いを取り戻した生身《なまみ》のオレのものも、いい具合に鏡にこすれて、もう爆発寸前だったりする。

「疾風、最高にかわいい。もう、イッちゃっていい？」

訊《き》きながら祐介は、まるでサンドイッチにするみたいに、自分のカラダでむぎゅっと、オレを鏡に押しつける。

ってことは、オレの欲望も、サンドイッチの具みたいに圧迫されて…。

「…あっ」

上向《うわむ》きのそれの先端から熱っぽい液体がジワッとあふれ、オレのものを伝い落ちてくる感覚に、思わず声を洩《も》らしてしまった。

「また汚したの？　ここ…」

意地悪な言葉を甘くささやいて、祐介は、オレの濡れ濡れのそこを指先で撫《な》でる。

「やっ」

そんなことをされると、我慢できなくなる。

「あっ、あぁ…んっ」

オレは、中にいる祐介のものを、ぎゅむぎゅむっと絞《し》めつける。

それに応《こた》えるような祐介の吐息に、また感じてしまって…。
オレのカラダの奥で、ドクドクッと震える祐介の熱い先端をヒクヒク絞《し》めつけながら、
けじめなく欲望をほとばしらせていたのだった。

〔2〕天使の街から来た悪魔★

打ち上げも無事終わり、自宅に戻って、入浴中。

グレープフルーツの香りのするバスバブルにうずまりながら、オレは祐介をにらんでいた。

「この大うそつき野郎…」

ドアにロックをかけてない…なんて、人をビクビクさせておきながら、実はちゃっかりロックもかけられていたばかりか、着替え中入室禁止の張り紙まで、ちゃんとドアに貼っておくという用意周到っぷり。

目の前でキチクに笑っているこいつに限って、オレの色香にメロメロになって…なんて日は、おそらく一生来ないに違いない。

鍵《かぎ》かけててくれたのはありがたいが、やっぱりだまされた憎しみのほうが強い。

「おまえなんて嫌いだ。もう絶交だからな」

顔を背《そむ》けるオレの耳に、チュッとキスしながら、祐介はまたクスッと笑ってささやいた。

「嫌いなら、どうして一緒にお風呂なんか入ってるのかな？」

「う…。そ、それは…」

習慣…っていうか、気づいたら、うっかり…。

「おまけに、なぜお膝抱《ひざだ》っこ？」

「あ…」

ダメじゃん、オレ…。

わりと広めの浴槽《よくそう》だけど、祐介はかなり身長あるから、カラダを伸ばすと縦にいっぱいになっちゃうのである。

なので、オレも入ろうとすると、当然ながら祐介の膝の上にのっかるカタチになってしまうわけで…。

…って、毎日そんな感じだから、ついなにも考えずに、祐介にお膝抱っこされてしまっていたのである。

喧嘩《けんか》中なのに…。

（迂闊《うかつ》…）

といっても、わりといつも喧嘩してるんだけどさ。

ほとんどの場合、オレのほうが一方的に腹を立てて…。

それもまたムカつくわけで。

「ちくしょーっ」

頭にくるから、祐介の脇腹を思いっきりつねってやろうとしたが、泡でぬるっとすべってしまった。

「ちぇっ」

オレは舌打ちして、バスバブルを気前よくぶちこんだ祐介を責める。

「泡…すごすぎだろっ」

「そこがいいんじゃないか…。泡立ちの悪いバスバブルなんて、濡れないエッチみたいで味気ない」

なんてことを、照れもせずに…。

聞いてるオレのほうが恥ずかしくなって、思わず赤面してしまった。

「その点、疾風は最高だよな。すぐ…ぐしょぐしょになるから、かわいがり甲斐《がい》がある」

そう言って、思い出し笑いを浮かべる祐介が、本気で憎かったりして。

「オレ、あがるっ」

ソッコウ立ち上がろうとするが、祐介にすかさず腕をつかまれ、引き戻されてしまった。

それも！

「おまえ、なんで、勃《た》ってるんだよっ？」

そう。カタく勃ち上がった祐介のご立派なものの上に、グイグイッと座らされてしまったのである。

「ひぁんっ」

「さすが泡風呂。濡らす手間いらずだな」

オレの腰を抱きしめながら、祐介は妙なことで感心している。

「…っ。離せよ。もう今日はさんざんやっただろっ」

中でじわじわ大きくなる祐介の熱いそれを、責めるように絞《し》めつけてやりながら、オレは文句を言う。

「さんざんやったのは、疾風だけ。僕は一回しかイッてないよ」

答えながら、祐介は不満そうにオレの乳首をつまんだ。

だが、さっきのオレと同様に、泡のせいで、ぬるっとして、うまくつまめないらしい。

(ざまぁみろ！)

少し胸がスッとするが…。

ちゃんとつまめないせいか、祐介がなんどもしつこく同じ場所を指でひっぱろうとするので、なんだかオレまでいやらしい気分になってくる。

「んっ、やめ…っ」

「さんざんやったとか言ってるくせに、疾風のも、かなり元気になってるよ」

「うっ」

胸をつままれたのがマズかったらしい。

なんでか、弱いんだよな。祐介にいじられると…気持ちいいっていうか、変にうずうずしちゃって。

「でも、疾風のそんなインランなところも好きだよ」

な、なにーっ？

「誰がインランだよっ？」

「違うって言いたいのかな？」

「当然っ！」

いきりたって、オレは祐介の首を（殺さない程度に）絞めようとするが、泡のせいですべって、なぜか抱きつくみたいな恰好《かっこう》になってしまった。

おかげで、繋《つな》がっている部分が、より深くハマってしまう。

「あ…っ」

それればかりか、祐介とのあいだにはさみこまれていたオレのものは、ぬるんとすべって、微妙な刺激にギンギンに反応してしまっていた。

「ほらね？」

勝ち誇ったような祐介の微笑《ほほえ》みが憎い。

…けど、うっとりするほどかっこいい。

オレって、やっぱり祐介に惚《ほ》れまくり？

意地悪されても、好きなんだよなぁ。悔しいけどさ…。

「じゃあ、相思相愛《そうしそうあい》ということで、心置きなく…」

「あっ、うそっ」

挿入《そうにゅう》が深くなったり浅くなったりするたびに、ぬるぬるしたお湯がからみつき、ほわほわの泡が乳首のあたりをくすぐる。

やばい。なにもかもが微妙な感じで、もやもやが下腹にたまってくる。

「…ぁっ、ぁっ」

「気持ちいい？　疾風…」

「んっ、…もちい…」

思わず正直に答えてしまうオレに、祐介が唇を押し当ててくる。

ふにゅっと柔らかい唇のキスに続いて、熱っぽい舌がもぐりこんでくる。

その動きが、やらしいけど、好き好き…って気持ちがこめられてて、オレはついキュンとしてしまった。

それは祐介にも伝わったらしく、ぎゅっと抱きしめられる。

「やっと素直になってくれたね。嬉《うれ》しいよ…」

そっと唇を浮かせて、祐介が甘くささやく。

とろけそうな祐介のまなざしにつかまってしまっては、さすがにオレも、『うるさい』なんて邪険《じゃけん》に言い返せない。

対応に困ったオレは、とっさに祐介の首にきつく抱きつき、自分のほうからキスしてしまっていた。

でないと、祐介、もっと恥ずかしいこと言いそうだったから。

でも、オレがキスした瞬間に、祐介は露骨《ろこつ》に欲望を猛《たけ》らせる。

そして、オレの腰をつかむと、上下と前後に大きく揺らし始めた。

「んっ、んっ」

口でしゃべれないからって、カラダで雄弁《ゆうべん》に語らなくても…。

「あっ、もう、降参っ」

息が続かずに、オレが唇を離すと、祐介は甘えるように頰《ほお》をすり寄せてくる。

「どうしたんだよ、祐介っ」

こいつが、甘えさせたがりなのは、薄々《うすうす》気づいていたが、なんだか最近妙に甘えたがりな気が…。

「欲求不満…」

小声で、祐介がつぶやく。

「はぁ？」

今日も、あれだけ好き勝手やっておいて、それはないだろ！　とオレがツッコむ前に、祐介はオレに抱きつきながら、深いため息をついた。

それに合わせて、祐介のものも、深呼吸って感じで大きくなるから、オレはビクビクッと反応してしまう。

それが嬉《うれ》しかったのか、チラッと瞳をあげて、オレを甘く見つめると、祐介は力なく笑ってみせた。

そんなことで、人の同情をひこうとしても、ダメなんだからなっ。日頃のおこないが、おこないだけに…。

ここはひとつ、厳しく…。

そう自分に言い聞かせるオレだが、いつもえらそうな祐介が、ちょっとまいっちゃってるって顔をするだけで、心配で心配でたまらない。

「どうしたんだよ？」

「だって、あいつが来てから、思いっきり疾風を抱けないだろう？」

「あ…」

あいつというのは、祐介の従兄弟《いとこ》の花月《かづき》・ヘミングウェイ。

武士道大好きなハーフで、先日単身ロサンジェルスから転校してきたのである。

で、水入らずでやりたい放題やってたオレたちの家に、居候《いそうろう》することになったというわけだけど…。

祐介に勝《まさ》るとも劣らない、スタイル抜群超美形の眼鏡《めがね》くんだが、ただ…ちょっと変わってはいるかもだ。

なんていうか、しゃべり方とか、感覚が…。

黙っていれば、ドキドキするほど綺麗《きれい》な王子様なのに。

その花月がオレたちの仲を疑って、さりげに邪魔はしてくるけれど。

オレは、祐介の憂《うれ》いに満ちた色っぽい顔を窺《うかが》う。

(祐介が欲求不満になるほど、オレたち禁欲してないと思うけど…)

そりゃあ、前みたいに、玄関でも廊下《ろうか》でもキッチンでもリビングでも、盛《さか》りまくり…ってわけにはいかないけどさ。

正直言って、オレは、今くらいで充分かも…。

たしかに、夜…部屋でやるときは、花月を気にして、口押さえたりしなきゃいけないのは面倒だけどさ。

あと、家で我慢してる分…とか理由つけて、学校であれこれされる回数が増えたのが、問題といえば問題ではある。

祐介の『欲求不満』宣言に、あまり同情的ではないことがばれたのか、すねたような上《うわ》目《め》づかいで、責めるように祐介が言った。

「疾風は平気なんだ？」

「平気…ってわけじゃないけど。花月、もうすぐ出ていくんだろ？」

花月の双子の弟、夕月《ゆづき》も日本に来るから、『部屋を探しておいてくれ』と頼まれてる…って言ったのは自分のくせに。

怪訝《けげん》な顔でオレが訊《き》くと、祐介は、なぜかフイと視線をそらした。

「な、なんだよっ？」

その態度の意味は…？　めっちゃ気になる。

「それが…」

「それが？」

訊き返したそのとき…。

「お疲れさまでぇーす」

怪しい外国人なまりの明るい声が聞こえたかと思うと、バスルームのドアが開いて、花月が顔を覗《のぞ》かせた。

「うわっ」

オレはあわてて、祐介から上半身を離す。

そう。あくまでも、上半身のみ。

なぜって、下半身は繋《つな》がったままだからだ。

(泡風呂でよかった…)

オレが顔をこわばらせながら、ひそかに胸を撫《な》で下ろすのをチラリと見て、祐介が、得意げに小さく笑う。

ま、しかし、『よかった…』とはいっても、当座は…ってことで、合体したままの状態では、どんなピンチに陥《おちい》るかわからない。

てゆーか！

「なんで鍵《かぎ》かけてないんだよ…っ？」

オレは、声をひそめて、祐介を責める。

すると、祐介は軽く肩をすくめて、「ごめん」と謝《あやま》った。

「疾風のハダカに見とれて、うっかりしてた…」

がっくし…。

それだけオレに夢中なんだ…と好意的に考えてやればいいんだけど…、無理っ！

「おおぅっ。日本では人と一緒に浴槽《よくそう》に入る…という学説は本当だったのですね？」

「なにが学説だ…」

祐介はつぶやくと、ドアから顔だけ覗《のぞ》かせている花月に向かって、眉根《まゆね》を寄せた。

すりガラス越しに透《す》けてみえる花月のカラダは、あきらかにハダカで、オレたちと一緒に入浴する気満々なのが窺《うかが》える。

「お邪魔していいですかぁ？」

一応尋ねながら、タオルで前を隠しつつハダカで中に入ってこようとする花月を、祐介が手ぶりで冷たく「しっ…しっ…」と追いはらう。

「えぇー、なぜですかぁ？　ご一緒させてくださいよぉ」

口さえきかなきゃ、ほんと、申し分なくかっこいいのに。

てか、フツウ、眼鏡《めがね》をかけたまま、お風呂入るもん？

祐介もそれが気になったのか、ていうより、近くに寄られると合体中なのがばれるのを恐れたのか、すかさずそれを指摘する。

「日本では、お風呂に入るときは、眼鏡はご法度《はっと》だ」

「そ、そうなんですか？　僕はいつもお風呂に入るときに、眼鏡を洗ってるんですけど」

なるほど。そういうものなのか…。

これまで家族に眼鏡属性のやつがいなかったから、そういうものとは知らなかった。

「わかりました。眼鏡外せば、一緒に入っていいんですね」

「誰が、そんなこと言った？」

祐介がとめようとして、浴槽の縁《へり》から身を乗り出しかける。

そのせいで、中でひねりを加えられ、オレは思わず叫んでしまった。

「ひっ」

「あ、ごめん」

とりあえず謝ってはくれるけれども、このやろー…って感じだ。

おまけに、オレたちが水面下の問題ですったもんだしているあいだに、花月は、外した眼鏡《めがね》を脱衣所《だついじょ》の乾燥機内蔵全自動洗濯機の上に置いて、さっさと浴室の中にすべりこんでいた。

「ダイヴ・イントゥ・ユア・ハート！」

とかなんとか、わけわかんないことを叫びつつ、浴槽《よくそう》に飛びこんでくる花月の顔を、祐介がグイと押しのける。

泡のおかげで、外からは、中がどうなっているか見えていないからいいものの、中にまで入られてしまうと、さすがに二人がマズい状態なのがわかってしまう。

いや、それ以前に、もう満員だっての！

高校生の男二人がすでに入ってるのに、さらに百八十センチは軽く超えている花月が入る隙間《すきま》なんて、どこにもない。

なのに、強引にハダカのつきあいに混ざってこようとする花月を、祐介がピシャリと叱った。

「浴槽に入る前に、シャワーで頭から爪先《つまさき》まで、カラダ中を綺麗《きれい》に洗うのが、武士の作法だ」

（マジかよっ！）

たしかに、先にカラダは洗うけど、武士の作法云々《うんぬん》は明らかに眉唾《まゆつば》ものだ。

だって変だろ？　武士の時代には、シャワーなんてなかったはずだから。

思わず細かいツッコミを入れそうになるオレに、祐介が、黙ってろ…と目配せする。

花月だって納得しやしないと思ったのに…。

「恐れ入りやした…」

タイルの床に正座すると、花月はそう言ってガックリとこうべを垂れた。

（わかんねーっ）

呆然《ぼうぜん》とするオレのかたわらで、祐介が、勿体《もったい》をつけてうなずいているのも謎《なぞ》だ。

てか、あらわになった花月の股間《こかん》を見て、オレは、くわっと目をむいてしまう。

（デカっ！）

祐介のもので見慣れているはずなのに、さすがハーフ。通常時でそれだけあるってことは、興奮時はいったい！

……想像したくない。

ま、どのみちオレには関係ないんだが…。

一瞬脳裏《のうり》に、花月のナニと関係あるかもしれないやつの顔が浮かんだが、あわてて首を振ってはらいのけた。

オレの幼馴染《おさなな》《じ》みで、同じ剣道部の塚原竜司《つかはらりゅうじ》。

百パーセントのんけだと思っていた竜司が、花月に抱きしめられているところを、先日うっかり目撃してしまったのだ。

でも、オレだって、祐介の猛烈なアタックを受けるまでは、自分が男とラヴできる人種だとは、想像さえしたことなかったわけだから、竜司だってどう転ぶかわからない…ってことだ。

(でも、大変そう…)

花月の股間《こかん》を覗《のぞ》き見ながら、下世話《げせわ》な心配をしているオレの視線に気づいたのか、いきなり祐介のてのひらで目隠しされてしまった。

オレの目を覆《おお》ったまま、祐介は、神妙な声で花月に言う。

「苦しうない。おもてをあげぃ」

「はぁー？」

オレのツッコミは一切《いっさい》無視で、花月は祐介に、

「かたじけない」

とか答えてるし…。

オレには、二人まとめて異星人としか思えなかったりして…。

SUPER

「ただし、股間《こかん》は速《すみ》やかに隠せ」

「あいあいさー」

（それ、違うし…っ）

激しく脱力しつつも、目もとを覆《おお》っているぬくぬくな祐介の手をはらいのけたオレの目に映ったのは…。祐介の言いつけに従い、ひよこの顔になっている黄色いお風呂椅子《いす》にお行儀《ぎょうぎ》よく腰かけて（ご立派な股間はちゃんとタオルで隠して）、頭からシャワーのお湯をかぶり始める花月の姿だった。

「うまくいっただろ？」

祐介が、オレの耳もとに、小声でささやきかけてくる。

「そうだ、今のうちにっ」

オレはあわてて祐介の胸を押す。

花月がシャンプーで目が開けられないうちに、合体を解《と》かなければっ。

当然…祐介もそのつもりだと思ったのに。

「あっ」

グイと腰を抱き寄せられて、オレは声をあげた。

「どうか…しましたか？」

こちらを振り向こうとする花月に、祐介がすかさず洗面器で泡だらけのお湯をかける。

「うわわ。目に泡が…っ」

痛がる花月に、祐介は、

「武士流、泡のみそぎだ…」

などと、でっちあげをかましている。

「そ、そうなんですかぁ？」

素直にだまされる花月がちょっとかわいそうだったりして。

シャワーのお湯で顔を洗おうとして、なおさら目にシャンプーやら泡やらを入れてしまったらしく、「うわわ…」と苦しんでいる花月を横目で見ながら、祐介は、オレと離れるどころか、逆に激しく腰を使い始めた。

「ば、ばかっ。なにやってるんだよっ？」

必死に声を押し殺しながら、オレは怒鳴る。

同じ浴室内に花月がいるっていうのに、いくらなんでも無謀《むぼう》すぎる。

「いいから集中して…。二人とも勃《た》てたままじゃ、あがるにあがれないだろう？」

そりゃ、そうだけど…。

「大丈夫。できるだけ早く終わってあげるから…」

ひそひそ声でささやきながら、祐介が耳の中に舌を入れてくる。

「…ぁっ」

ついゾクンと感じてしまって、オレはまた、あわてて口を押さえた。

いつ花月が振り向くか、気が気じゃない。

オレが、ビクビクするたびに、祐介が口もとで笑う。

うう…。やなやつだ…。

「いつもより激しい…」

「ばかっ。そんなこと言ってる場合じゃ…」

「そう？」

(ちくしょーっ)

なんで、こんなに余裕ありありなんだよ？　同い年なのにっ。

高校生で、そんなに落ち着きまくってたら、ろくな大人にならないって。

オレがにらんでやると、祐介は、おしおき…とばかりに、また胸をつまむ。

「や…っ」

乳首の上でぬるぬる動きまわる祐介の指の、淫《みだ》らな動きに我慢できずに、オレはビクンビクンとカラダを震わせながら、祐介に抱きついてしまっていた。

「そんなかわいいことをすると、花月に気づかれるよ」

祐介が、声をひそめて耳打ちする。

でも、その声が、余裕ありげな態度のわりに、甘く上擦《うわず》っていたりするから、ますますオレは感じてしまって…。

「ひぁっ」

祐介のおなかに押し当てた欲望を、お湯の中であっけなく弾《はじ》けさせていた。

その瞬間、祐介がぎゅっと抱きしめてくれて…。

心地《ここち》よくあったかい祐介の肩に顔をうずめた途端《とたん》、鋭敏《えいびん》になったカラダの奥に、ドクドクと、お湯よりも熱いものがそそぎこまれるのがわかった。

「あっ」

思わず大きな声をあげそうになるオレの唇を、祐介の唇がとっさに塞《ふさ》ぐ。

カラダの中ではまだ、祐介のがビクビクしていて、オレも膝《ひざ》が震えてしまう。

夢中で祐介にしがみつくと、祐介のほうも、もっともっときつく抱きしめてくれる。

ぎゅうっと抱きしめられながら舌をからめ合うのは、めちゃくちゃ気持ちよくて、段々頭がくらくらしてきた。

「ん…祐介…」

息が続かず、軽く唇を浮かせて、舌の先で軽くつつき合うようにキスしながら、オレがささやいたそのとき、ガタガタッとドアを開ける音がした。

（そうだ、花月…っ）

二人っきりじゃなかったことをふいに思い出して、あわててオレは祐介の胸を押し、顔をあげる。

そのオレの目に飛びこんできたのは、まだシャンプーの泡と格闘中の花月と、その向こうにある浴室の入り口に立っている、ジーンズ姿のすらりと長い足。

足から順に視線を上にあげていくと、丈《たけ》の短いＧジャン、そして、眼鏡《めがね》を外した花月によく似た綺麗《きれい》な顔が見えた。

「あぁっ！」

オレは叫ぶ。

劇の最中に、客席にいるのを見たやつだ。

ただし、花月のようなウェーヴかかった髪ではなく、それほど長くはないワンレンのストレート。

よく見ると、花月よりもひとまわりほど縦も横も小さい。…といっても、オレよりは、ずっと背丈《せたけ》ありそうだったけど。

でもって、瞳がブルー！

そのまなざしが、妙に色っぽい…ように思えるのは、オレの気のせい？

キチクそうだけど…。

「夕月…」

顔をあげた花月が、手の甲で目をこすりながらつぶやく。

(やっぱり！)

もしや…と思ったオレの勘《かん》は、見事に当たったようだ…。

そう。そこに立っているのは、花月の双子の弟だという夕月・ヘミングウェイその人に間違いない。

さらに確証を得るために祐介を振り返ると、ほんのちょっと前まではとろけそうな顔をしていたのに、すっかり苦虫《にがむし》を噛《か》みつぶしたみたいになっている。

「夕月、まいたはずなのに、どうしてここが…？」

まるで幽霊でも見たように、花月が怯《おび》えている。

てゆーか、まいたのか？　なぜっ？

「住所知ってるんだから、わかるに決まってるだろう？」

花月と違って、普通っぽい日本語で、夕月は流暢《りゅうちょう》にいやみを言う。

だが、超方向音痴《おんち》の花月は、ありえない…というように、首を横に振るばかりだ。

「それより、鍵《かぎ》は？」

ようやく口を開いた祐介が、夕月に訊《き》いた。

「かかってなかったけど？　どうせこのうつけものが、かけ忘れたんだろう？」

花月の濡れた頭に五本の指を立てると、夕月はグイグイと力をこめる。

「おうっ。やめて…っ」

(どんな兄弟なんだ？)

呆然《ぼうぜん》とながめているオレに気づいたのか、夕月は目線をあげると、オレににっこりと笑いかけて言い添えた。

「あぁ、下の集合ドアのほうは、ほかの住人が入るときに一緒に入ったから」

「あ、や…」

別にそんなつもりで見ていたわけじゃないのに。

疑ってると思われたら、困る。

つーか、怖い。

「別に怖がらなくてもいいよ。僕は、いい子には優しいから」

そう言うと、夕月は、花月を指でグリグリしながら、マジで怖いくらい綺麗《きれい》な顔でオレに微笑《ほほえ》みかけた。

「お聞き及びかと思うけど、僕は夕月・ヘミングウェイ。こいつの保護者」

花月の頭をつかんだままで、大きく揺さぶりながら、夕月はオレに目配せした。

「これからお世話になるけど、よろしくね、疾風くん」

「あ、はい…」

まだちょっとビクビクしながら、オレもうなずき返した。

だが、自然と顔をこわばらせつつ…。

てか、夕月の視線が気になる。

泡もさっきよりは薄れてることだし。

祐介に目配せすると、仕方ない…って感じで、小さくため息をつく。

「とにかく、ここの人口密度高すぎるから、そろそろ僕たちはあがるよ。そうしたら、兄弟水入らずでゆっくりできるだろう?」

それを聞いた夕月のブルーの瞳が「え?」って感じで光る。

花月は?

気になって視線をずらすと、カタチのいい男らしい花月の白い肩が、ビクッと震えるのをオレは目撃してしまった。

以前から、話には聞いていたが、花月は本当に夕月が怖いらしい。

これまで、いったいどんな兄弟生活を送ってきたのだろう？

知りたいが、知りたくない。…みたいな。

「というわけだから、いったんゴー・バック」

祐介が言うと、夕月は渋々《しぶしぶ》と浴室のドアを閉める。

早速《さっそく》服を脱ぐ気配が伝わってくるので、花月がガクガクしながらドアの外をうかがっているうちに、オレは祐介の上から腰を浮かす。

その瞬間…。

「ひぁ…ん」

また祐介がビクンと反応したので、オレはちょっとあえいでしまった。

「ん？」

と、花月が振り返る。

「今、なにか、かわいい声が聞こえたような…」

「き、気のせいだって！」

オレが必死にフォローしようとしているのに、祐介は意地悪くオレの腰を抱き寄せ、軽くゆさぶりまでする。

「なに…してるんですか？」

シャワーのノズルをカタンと傍《かたわ》らに置いて、花月が身をねじりつつ乗り出してくる。

「カラダを鍛《きた》えるために、お風呂でも、運動することにしてるんだ。もうあがるから、その仕上げ…」

澄ました顔で祐介が言う。

「そう…なんですか？」

「え？」

(それで、だまされるのかよ、花月…)

思わず二人の顔を見比べてしまうオレだ。

だが、なぜか本当に花月はそれで納得したらしく、

「急がなければ…」

と、あせってシャンプーの続きを始める。

「夕月に、髪とかカラダとか洗ってやると言われたら、大変なことになる」

小声でブツブツ言いながら、ぱしゃぱしゃしている花月の背中を見ながら、さすがに不安になって、オレは祐介に訊《き》いた。

「大変…って、いったい？」

なのに、祐介は、お風呂の栓《せん》を引き抜きながら、

「疾風は知らないほうがいいかもね」

と、意味深《しん》にささやいたのだった。

〔3〕欲求不満に気をつけて★

とりあえず、「困りますぅ」とすがりつく花月からシャワーをとりあげた祐介が、バスタブを洗って、オレンジ色のプラ容器に入ったバスバブルを、みにゅ～と流し入れた上に新たにお湯をはり始める。

勢いよく泡だっていくバスタブの中を、花月がおもしろそうに覗《のぞ》きこんでいるうちに、オレたちは一緒に、シャワーで泡を洗い流し、ドアの向こうで全裸《ぜんら》で待機《たいき》していた夕月と交替した。

すれ違い際《ぎわ》に祐介と夕月がハイタッチ（高い位置で手と手を叩き合わせること）していたのが、かなり背筋にゾクッときたが、オレには関係ないので無視することに…。

（許せ、花月…）

一応、心の中で謝《あやま》ってはみたが、かばってやらなかったことをちょっと後悔した。

なぜなら、そのあとで、海外もののAVばり（それも男×男の。汗…）の「おーう」とか「うわぁお」みたいな花月の叫びが、バスルームから聞こえてきたからだ。

「な、なにっ？」

「いいから、放っておけ…」

怯《おび》えるオレに、さくさくと服を身につけながら、冷ややかに祐介が言う。

「それより、今のうちに…」

「はい？」

身をかがめてくる祐介に、また唇を奪われてしまう。

「ちょ…っ」

はねのけようとする前に、お姫様抱っこされてしまった。

オレはまだハダカなのに…。

脱衣所《だついじょ》の鏡に、その姿が映って、恥ずかしい。

「なんだよ、祐介…」

「後撫《こうぶ》が、まだだったから…」

「こうぶ？」

聞き慣れない単語に、オレは首をかしげる。

「前戯《ぜんぎ》後撫の『後撫』だよ。やる前の戯《たわむ》れに対する、やった後の撫《な》で撫《な》で…。アフターケアみたいなもの？」

オレにもわかるように懇切丁寧《こんせつていねい》に説明してくれたあと、祐介は、綺麗《きれい》な顔で甘く笑う。

「な、そんなのいらねーって！」

「ほんとに、いらないの？」

そう聞かれると、断わるのももったいない気が…。

「ちょっとだけなら…」

顔を背《そむ》けながらオレが答えると、頭の上で祐介がクスッと笑う。

「疾風の反応って、もろに僕好み…」

「え？」

「積極的すぎず、消極的すぎず…。いいさじ加減だよな」

そ、そうなのか？

「別に、計算してるわけじゃ…」

狙ってかわいいふりしてると思われたら悔しいから、一言言っておかないと。

だが、その心配はまったくなかったみたいだ。

「疾風に計算なんてできないことは、ちゃんと知ってるよ。もし疾風が、駆け引き上手《じょうず》な悪女だったら、好きにはなってない」

わりと真剣っぽい祐介の告白を聞いて、つい赤面してしまうオレだが、なにかが間違っているような…。

そう…、『悪女』ってとこだ。

文句を言おうとして、にらんでやると、なぜかうっとりと見つめられてしまった。

「なんだよ？」

「そんな顔も、たまらなくかわいい…」

しょ、処置なし。

やっぱり祐介は、乱視だ。おまけに悪食《あくじき》…。

(料理はあんなにうまいのに…)

そ、それか？

祐介が料理上手なせいで、本当はうまくないオレまで、おいしくいただかれてしまった…ってことか？

「祐介のせいじゃんっ」

思わず心の声を洩《も》らしてしまうオレに、祐介は、ますますとろけそうなまなざしを向ける。

「嬉《うれ》しいよ。僕が疾風にそんな顔をさせているかと思うと、たまらなくなる」

…って、まさかまた…？

「や、やばいよ、祐介っ。お客もいるのに…」

あわてて祐介の暴走をとめようとするが、聞く耳もたない感じで、祐介は軽々とオレを抱いたまま、廊下《ろうか》を進んでいく。

そして、花月が居候《いそうろう》始めてからはオレたち二人で使っている、もともとは祐介の部屋のドアを肘《ひじ》で開けると、ハダカのオレを、これまた二人で使っているダブルベッドの上に投げ下ろした。

「気にしてたら、欲求不満で死ぬ」

切実《せつじつ》な口調で洩らすと、祐介は、即座にオレの上にカラダを重ねてくる。

「疾風…。誰にも邪魔されずに、疾風といちゃいちゃしたい…」

甘えるみたいに、オレの首筋に顔をすりよせてくる祐介が、かわいい。

オレはつい情《じょう》にほだされてしまって、まだ生乾《なまがわ》きの祐介の髪を撫《な》でながら、なだめるように語りかけた。

「すぐにまたオレたち、二人きりの生活に…」

言いかけて、オレは、あれ？　と首をかしげる。

そう言えば、さっきお風呂でその話になったとき、祐介に微妙に言葉を濁《にご》された気が…。

「夕月が来たから、ここ、出ていくんだよな？　花月…」

「それが、実は…」

祐介はまた憂鬱《ゆううつ》そうな顔になって、オレの胸《むな》もとで、小さくため息をついた。

「ひゃ…っ」

偶然だとは思うけど、吐息が乳首の先端に触れて、オレはビクンとのけぞる。

それがおもしろかったのか、今度はあきらかにわざと息を吹きかけながら、祐介は打ちあけた。

「夕月まで、ここに住むことになってしまった…」

「な、なにーっ？」

「ね？　一大事だろう？」

ぺろぺろと胸を舐《な》めあげながら、オレはコクコクとうなずく。

「なんで、そんなことに…？」

「目をつけてた、ちょうどいい物件が、急に塞《ふさ》がっちゃったみたいなんだ。ほかにもいくつか探して夕月に教えてたんだけど、どれも気に入らないみたいで…」

どうやら、気に入ったところが見つかるまでここに住むと、言い出したらしい。

「花月と同じ部屋でいいと言うし、断わる理由も見つからなくて…。親父《おやじ》まで、そのほうが安心だ…なんて、余計な口出しをするから」

「そ、そうか」

海外赴任《ふにん》中の親父さんまでかかわっているとなれば、さすがに祐介の勝手で、二人を追い出すわけにはいかないのだろう。

「だから、まだしばらくは、禁欲生活が続く…ってわけだ」

祐介は、力なく…またため息を零《こぼ》すが、とっくにオレの足を開かせて、片方を担《かつ》ぎ上げてるんですけど。

「これの、どこが、禁欲生活だよっ？」

つっこまずにはいられないオレだ。

だが、逆に、つっこまれてしまった。

「あ、そんないきなり…」

てゆーか、後撫《こうぶ》タイムのはずじゃなかったのかよ？

これじゃ、思いっきり本番…。

オレがその点を指摘すると、祐介は、「あぁ…」とうなずく。

「ちゃんと忘れずに、うしろ、撫《な》でてあげるから」

そう答えながら、かかえたオレのおしりを撫で撫でする。

「あぁん…」

…って！ 感じてちゃダメだろ、オレっ！

でも、祐介の熱っぽいてのひらにおしりを包みこまれ、もまれるように撫でられながら、祐介がジーンズから引きずり出した、とっくにカタく猛《たけ》っているご立派なものを、グイグイと押しこまれると、もう抗《あらが》えなくなる。

「やっ、あっ、あん…っ」

お風呂でやったエッチが、花月を気にしながらだったせいか、カラダがまだ不完全燃焼だったっぽい。

さっきのエッチで余計敏感で貪欲《どんよく》になっているそこは、祐介の熱っぽい先端がめりこむだけで、もの欲しげにきゅうきゅう収縮してしまう。

「疾風のここ、いやらしくて、かわいい…」

「ば、ばかっ」

祐介の腕に爪を立てるけれども、恥ずかしい言葉でからかわれると、奥のほうまでが、むずむずと疼《うず》いて、祐介のデカいのでグイグイされたくてたまらない気持ちになった。

「ほんとは欲しいんだよね？」

「誰が…」

虚勢《きょせい》をはって言い返すと、

「えー？　いらないんだ？」

祐介は、わざと残念そうに言って、腰を引いてしまう。

「やっ」

半分侵入しかけていたそれが、ずるっと引き抜かれる感覚に、オレは激しく腰をふるわせながら、思わず祐介にしがみついてしまっていた。

「いる？」

オレの耳に喰いつきながら、祐介が訊《き》いてくる。

「いるっ！」

オレは祐介みたいな絶倫《ぜつりん》じゃないけど、花月だけじゃなく、あの夕月までが同居となると、たしかに…いつまたエッチできるかわからない。

エッチとまったく無関係な生活を送っているときは、そこまで頻繁《ひんぱん》に必要性を感じたりしなかったが、一度気持ちのいいことをおぼえてしまうと、もうダメだ。

ちょっと放っておかれると、祐介の股間《こかん》にばかり目がいっちゃったり、すんなり長い指を見ただけで、カラダが疼《うず》いてしまったり…。

中毒…みたいなもん？

足りないと、禁断症状が出てしまうのだ？

あ、もしかして、祐介も？

「祐介…」

ついたしかめたくなって、オレは祐介の首に抱きつき、耳もとに唇を寄せた。

「エッチできないとき、祐介もオレのカラダのどこかを見るだけで、うずうずしたりする？」

「え？」

意外そうな祐介の反応に、オレは訊《き》いたことを後悔する。

(しないよな？　オレなんか、見た…って…)

欲情されたい…なんて、オレ、どうしちゃったんだろう？

祐介にちやほやされて、相思相愛《そうしそうあい》な気分になって、ちょっといい気になってた？

やっぱり、祐介がオレのカラダを求めてくるのは、都合がいいから…。

そうに決まってる。

なんか…落ちこむ。

こんなところで愛のないエッチなんかに溺《おぼ》れていないで、近くの公園で竹刀《しない》でも振ってきたほうがいいんじゃないだろうか？

(だよな？)

夕月が同居することになったのは、きっと天の思《おぼ》し召《め》しだ。

この機会に、エッチに流されるのはやめて、もっとストイックに精神と肉体を鍛《きた》えろ…という天の啓示《けいじ》に違いない。

(これを最後に、祐介とエロいことするのは、きっぱりやめよう)

そう。オレって、わりと極端から極端に走りやすい性格なのだ。

ちょっと、暴れ馬っぽい？

だから、昔王子様ごっこで、王子やってたときも、なぜか騎士役の祐介の馬をやらされたりしてたのかも。

(最後のエッチだから、思いっきり貪欲《どんよく》に求めてやろう…)

そんなことを考えながら、オレは、祐介の腰に積極的に足をからめる。

途端《とたん》、カラダの奥で、祐介のものがドクンと大きさを増した。

「…あっ」

甘い疼きに、きゅっと祐介を絞《し》めつけつつも、なんだか胸もきゅうっと痛くなって、オレは、熱いものがこみあげてくる目もとを、手の甲でゴシゴシとこする。

するとと、祐介のものはもっとグッと大きくなって、オレはヒクンとしゃくりあげた。

「なにをいまさら…」

優しい声でささやいて、祐介がキスしてくる。

「僕はいつだって、疾風にうずうずしっぱなしだよ」

「祐…介？」

「疾風のそのぷくんとかわいい唇を見ただけで、キスしたらどんなに気持ちいいだろう…って想像しちゃって、胸はきゅんきゅんするし。うしろ姿見ただけで、おしり撫《な》でまわして、服なんて全部剝《は》いで、疾風の狭くてあったかくて気持ちいい場所に押し入りたくなる。重症だろう？」

「あ、うん…」

他人事《ひとごと》じゃないのに、ついコックリうなずいてしまうオレだ。

そこに愛があるのかどうか…は別問題としても、そこまで欲情してもらえたら、男冥《おとこみょう》利《り》につきるというか…。

（ほんとか？）

一瞬我に返って、自分にツッコミを入れるオレに、きらきらっと瞳を輝かせながら、祐介が訊《き》いた。

「疾風、今、『祐介も』…って訊いたよね？」

「へ？　そ、そうだったかな？」

ごまかそうとするけれども、祐介は、そこを厳しく追及してくる。

「ということは、疾風も、僕のカラダを見て、欲情してたりするわけだ？」

「そ、そんなことは…」

「ない？」

色の淡い綺麗《きれい》な瞳に覗《のぞ》きこまれて、オレは思わず正直に答えてしまう。

「ある…」

「疾風…」

感激したみたいに祐介の瞳がうるんで、いきなりディープキスを奪われる。

「嬉《うれ》しいよ」

オレの両膝《りょうひざ》をかかえ上げて、グイグイと攻めこんできながら、祐介がささやいた。

「いっつも『僕は疾風に愛されてる』…って必死に自己暗示をかけてるんだけど、ちょっと冷たくされるとすぐ自信なくなって、疾風にひどいことをしてしまうんだ」

「うそっ」

祐介に限って、自信がない…なんてこと、ありえないと思っていたのに。

超驚きっ。

「許して…」

とか謝《あやま》られても、祐介のキチクさって、笑って許せる範囲内じゃないんだよな…。

それにしても、その祐介のキチクな行動の理由が、自分自身の自信なさのせい…っていうのは、ほんとだろうか？

それが真実なら、オレが素直になれなかったり、照れ隠ししてたせいで、自ら墓穴《ぼけつ》を掘ってた…ってこと？

（うう…っ）

じゃあ、オレが積極的に『祐介ラヴラヴ』ってところを見せたら、キチクな真似《まね》されずにすむんだ？

（よぉし！）

といっても、そんなこと、恥ずかしくてできないって！

仕方なく、控えめに自分のほうから腰を振ると、祐介がオレの耳とか目もとをペロペロしながら、ふたたび謝る。

「ごめんね」

…って、それはいったいなにに対して？

「疾風がそんなふうにかわいいことしてくれると、お返しに、ひどいことしてやりたくてたまらなくなる…」

（はい…？）

思わずオレは自分の耳を疑う。

ほんのちょっと前に言ったことと違うじゃんよっ！

「ごめん…しないっ」

ひどいことをされる前に、逃げようとするが…。

「あっ」

両膝《りょうひざ》つかまれて、柔軟体操みたいに大きく左右に開かれる。

上半身と直角になるくらい腰をあげさせられたかと思うと、祐介が真上からググッとのしかかってくる。

もろに重力をくらう感じで、奥の奥まで突かれて、オレは悲鳴をあげる。

「やっ、やっ、あぁっ」

痛いわけじゃないのに、あまりに強烈な衝撃のせいで、勝手に目から涙があふれてくる。

「も、や…。祐介っ、おねが…っ」

フツウに、なまぬるいエッチしてほしい。

「疾風、疾風…」

切《せつ》なげな声で名前を呼ぶくせに、すごい腰づかいで…。

おまけに、人の膝《ひざ》をかかえながら、両手の指で乳首までつまみあげて、強くひっぱるし。

「はぁっ、あぁんっ」

花月たちが、お風呂長い人たちならいいけど、こんな声聞かれたら、言い訳できない。

絶対…。

なのに、声を殺せない。

もう、頭の中、真っ白…ってくらい感じてしまって。

祐介のものがオレの粘膜《ねんまく》をこすりあげてる、リアルなその感覚だけが、オレの頭の中にあるすべて…。

あ、それと、胸をつまみあげられる突っ張ったような甘い疼痛《とうつう》。

その痛みとも快感ともつかない感覚が、オレのカラダの中でドロドロに融《と》ける。

「やっ、変になるっ」

「いいよ。もっと…乱れて…」

「その前に、壊れるっ」

オレが涙声で訴えると、祐介は、めちゃくちゃうっとりした顔で笑った。

こ、こいつ、本物のSだ…。

でも…。

(くせになりそう…)

ぐちゅぐちゅと腰をゆすられ、おかしな具合に気持ちよくなってくるオレも、相当やばいかも…。

「僕好みに調教してもいい？」

って、そんなのとっくの昔にやってるじゃんっ。

「疾風、縛《しば》られるのも似合いそう」

そ、そこまでいくわけーっ？

オレの認識が甘かったみたいだ。未知の領域？

「怖いのは、いやだっ」

めっちゃ素直に答えたのに、祐介は、フフッと笑ってささやいた。

「いやよいやよも好きのうち…ってね」

「ちがーうっ！」

オレの叫びもむなしく、調子にのった祐介に膝《ひざ》をカリッと咬《か》まれて…。

「あっ、あぁーんっ」

オレは、あとで思い出すだけでも、恥ずかしくていたたまれなくなりそうな甘い声をあげながら、着替えたばかりの祐介のシャツに熱い欲望をほとばしらせていたのだった。

〔4〕S美人は恋のライバル？★

「お取り込み中、失礼…」

ベッドの上にぐったり伸びているオレのかたわらで、祐介が、オレの汚したシャツを脱いだちょうどそのとき…。

ノックの音がして顔をあげると、とっくに部屋の中にいる夕月が、内側からドアを叩いているのが見えた。

「う…」

あわててカラダを起こそうとするが、普段やらないようなハードな体位でエッチしたせいで、腰に力が入らず、オレはそのままシーツの上に倒れ伏してしまう。

そんなオレに、ササッと布団《ふとん》をかけてくれながら、祐介が立ち上がった。

まさか、祐介がナニを露出《ろしゅつ》したままなのではないかと、一瞬心配したが、そのあたりは抜かりなかったみたいだ。

ジーンズのみで上半身ハダカの祐介の、綺麗《きれい》な筋肉のついた背中に、オレは思わず見とれてしまう。

生徒会が多忙《たぼう》なせいで部活はやっていないくせして、日頃からさりげに鍛《きた》えているらしい祐介の裸体《らたい》は、毎日剣道部でがんばっているオレよりずっと引き締まっている。

ちょっと悔しい。でも…。

(かっこいいよな、祐介…って)

抱きしめられたときの、意外にたくましい胸の感触を思い出して、また…やばい場所がズクンと疼《うず》いてしまう。

(げっ。マズいって!)

今日は(今日も)すでに何度かイカされたあとだっていうのに、まぁだ反応してしまうなんて、元気すぎだ。

祐介のつくってくれる食事に、妖《あや》しい強壮剤でもまぜられてるんじゃないか…と、本気で疑いたくなったりして…。

けど、ほんとに祐介のハダカって、そそられちゃう感じなんだよな?

その気《け》のある人たちの前では、絶対ハダカにならないでくれ…って、泣いてお願いしたいくらいだ。

しかし、とき…すでに遅し？

誰かがゴクリと生《なま》つばをのむ音が、オレの耳に聞こえてくる。

（誰…？）

って、オレでも、当の祐介でもないのなら、残っているのはただ一人…。

（夕月？）

ほかに選択肢《し》のないオレの推理を裏づけるように、夕月が、ふう…と吐息を洩《も》らす。

「ほんと、祐介、イイ男に育ったよね。LA《エルエー》（ロサンジェルス）にいるうちに、さっさとつばつけておけばよかった」

（な、なにーっ？）

聞き捨《ず》てならない台詞《せりふ》だ。

おまけに、夕月の恰好《かっこう》ときたら、多分花月のものなんだろうけど、パジャマの上着だけ。

手入れの行き届いているっぽい白い美脚が、おなかのあたりのボタンを二、三個とめただけのはだけた裾《すそ》から、なまめかしく覗《のぞ》いている。

それを見て、今度はオレが生つばゴックンしてしまった。

白磁《はくじ》の肌…っていうのか、ちょっとパールの粉でもまぶしたんじゃないか…ってくらいキラキラつやつやと輝いていて、それでいてしっとりと湿った感じ？

胸《むな》もとも、色の薄いピンクの乳首がチラッと見えるか見えないか…っていう絶妙のラインまで、はだけられている。

とにかく夕月のカラダから、すごい量のフェロモンが放射されているのは、鈍感《どんかん》なオレにもわかった。

あ、カラダは敏感らしいけどな。って、祐介にいつも言われてるから。

……嬉《うれ》しくない。

「夕月…」

祐介が夕月の名前を呼ぶのを聞いて、オレは胸がズキッとしてしまった。

別に、いつもオレを呼ぶような甘い声でもなんでもなかったのに。

学校で見かけたときは、舞台の上からで、客席はわりと暗めだったから、目立つくらい綺麗《きれい》なやつがいる…くらいしかわからなかったけど。

こうしてじっくり見ると、夕月はかなりの美人さんだ。

つやのある茶色の髪に、宝石みたいなブルーの瞳。

女の子が着せ替えして遊んでる某《ぼう》シリーズのお人形みたい…。

主人公タイプというより、眼鏡《めがね》かけたらよく似合いそうなお姉さん的親友キャラタイプか、王子様っぽい彼氏タイプ。

オレみたいな極々《ごくごく》フツウの日本人男子には、到底勝ち目がなさそうなお綺麗《きれい》さんだ。

もちろん、敵にまわせば…の話だけど。

(夕月は、双子の花月をかまうのが好きみたいだし、さすがに祐介にまでは手がまわらないよな?)

誰かに同意を求めるというより、むしろ自分に言い聞かせるように、オレは心の中でつぶやく。

今しがたの夕月の、『つばつけとけばよかった』宣言だって、本気ではないはずだ。た、多分…。

祐介のかけてくれたふとんから、顔半分だけ覗《のぞ》かせて、かたずをのんで様子を窺《うかが》っているオレにチラリと含みのある視線を投げたあと、夕月は祐介に向かって甘く微笑《ほほえ》んだ。

「なに? エッチの相手なら、いつでもOKだよ」

見かけに負けないくらい、つやっぽい声が、祐介に答えるのをきいて、オレは心臓がとまりそうになった。

祐介も脈あり…だったら、どうしよう?

呆《あき》れる話だけど、不安で泣きそうになりながら、オレは祐介の背中を見つめる。

顔が見えないだけに、表情がわからなくて怖い。

けれども、祐介は肩で吐息をつくと、不機嫌そうな声で夕月に言った。

「いいから、下着なしでうろつくのはやめろ。うちでは、そういう決まりだ」

ってことは？　あのパシャマの下は…。

（うひゃーっ）

…って、今現在まっぱだかのオレが驚くのもなんだけどさ。

しかし、夕月は素直に祐介の言うことを聞く気はないみたいで、不満げに言い返してきた。

「えー？　そんなこと言われても。僕はいつも下着はつけない派なんだけどな」

（そ、そうなんだ？）

とっさにノーパンでズボンはく感じを想像して、オレはドキッとする。

以前剣道着のときに祐介にいたずらされて、パンツ濡らしちゃったせいで、ちょっとのあいだ下着なしでいた記憶があるが、あれはなんとも微妙だ。

こころもとない…っていうか。

開放感はあるけど、それがひどく羞恥《しゅうち》プレイっぽい。

揺れるし…な。

「しめつけると、機能が弱まっちゃうだろう？　それはいやだなぁ…」

立てた人差し指をあごに当てて、祐介に流し目を送りながら、夕月が言う。

「やっぱり、そこは、いつでもピチピチしてないとね」

そう言って、さりげに両足の角度を変えるせいで、夕月のものが今にも裾《すそ》のわかれめから見えそうで、オレの心拍数《しんぱくすう》はますますあがってしまった。

「それに、そこの疾風くんも、ハダカで寝てるみたいだけど…」

オレをまなざしで示しながら、夕月はクスッと笑う。

絶対なにか気づいてる顔だ。

てゆーか、オレ、派手に叫びすぎたかも…。

つい真っ赤になってしまって、オレはおふとんの中にもぐりこむ。

そんなことをするほうが、なにかあった感じを肯定しているみたいで、もっとマズいってことはわかってるんだけど、夕月のからかうようでいて、さりげに鋭い視線をがっつり受けとめ、かつ、はねかえせるほど、オレは肝《きも》がすわっていなかったのだ。

少年剣士として、恥ずかしい。…ってゆーか、もっと修行しないと。

眼力《がんりき》だけで負けて、こそこそ身を隠していては、朝が苦手なのに、必死に剣道の朝練《あされん》にかよっている意味がない。

それは祐介も感じたらしく、こっそり目だけ出して覗《のぞ》いているオレを振り向き、

『あとで鍛《きた》え直してあげるからね』

…というように、瞳を細めた。

だが、すぐに夕月を振り返り、オレの代わりに弁明《べんめい》する。

「疾風、湯あたりしたみたいで、そのまま寝かせてたんだ」

「祐介が上半身ハダカなのは？」

すかさず、夕月が次なる太刀《たち》を浴びせてくる。

けれども、祐介は少しもひるまず、しゃあしゃあと答えた。

「ちょうどこれから、お風呂あがりの、乾布摩擦《かんぷまさつ》をやるところだったんだ」

(ありえねーっ！)

かけぶとんのカバーを咬《か》みながら、思わず洩《も》れそうになる言葉を、オレは咬み殺すが…。

「乾布摩擦？」

花月に負けず劣らず日本通らしい夕月も、その言葉は知らなかったみたいで、興味をそそられたらしく、身を乗り出してきた。

「どんなことするの？」

「こんなことだ…」

祐介は、近くにあったタオルをつかみあげ、ハダカの背中に斜めにタオルを当て、乾布《かんぷ》摩擦《まさつ》を始める。

上半身ハダカの理由をごまかすためとはいえ、よくやる…。

(あっぱれだぜ、祐介っ)

顔色ひとつ変えずに、まじめな顔で淡々とお風呂あがりなんかに乾布摩擦をやっている祐介は、すごすぎる。

さすがにゴシゴシ…って感じじゃなく、適当に力を抜いてやってるせいで、ただの乾布摩擦が妙に色っぽく思えたりして…。

それは、夕月も、感じたようだ。

「なんだかいいね、乾布摩擦…」

妖《あや》しく瞳を細めながら、つぶやく。

「僕もやってみようかな?」

夕月は言うと、サイズの大きなパジャマを、肩からするりと脱ぎ捨てようとした。

「はあ?」

あんまりびっくりしたせいで、オレは自分がハダカなのも忘れて、かぶっていたふとんをはねのけ、飛び起きる。

だって、中は全裸《ぜんら》！　…って、もろに全裸のオレが、どうこう言える立場じゃないが。

しかし、夕月はうまい具合に、おなかあたりだけはめていたボタンを外さないまま、両腕だけを抜き取った状態で、パジャマがずり落ちるのをとめた。

オレがほっとしたように息をつくと、夕月は、フフッと笑う。

「期待した？」

なにをですか？　と訊《き》き返したい。マジで…。

いくら美人でも、男の裸体《らたい》を期待したりはしないし。

どうせなら、やはり胸とかバーンて感じのお姉さんの裸体が見たい。

だが、『別にあんたのハダカには興味ない』…などと言った日には、花月と並ばされて、ムチでおしりとか…ぶたれそうな気配が濃厚だったので、オレは黙って首を横に振った。

そんなオレを、祐介は、乾布摩擦の手をとめて、じっと見つめている。

『疾風も、大人になったな…』

きっと、そう言いたいに、違いない。

(ま、まぁな)

心の中で答えて、オレは、ベッドの上で膝《ひざ》を抱えると、ふたたびふとんを首までひっぱりあげた。

そこに、いきなり花月の声が聞こえてくる。

「おーう、僕だけ仲間はずれにして、みんなでなにしてるんですか？」

「乾布摩擦《かんぷまさつ》だよ」

答える夕月が両肩出しているのを見て、花月はビクッとする。

「おもしろいから、あとで花月にもやり方を教えてやるね」

楽しげに言う夕月に、花月がおびえたように一歩あとずさるのを目撃して、祐介とオレは、思わず顔を見合わせたのだった。

〔5〕朝からキッチン生トーク★

「おはよう…」

となりの部屋で、花月以上に夕月が目を光らせているせいで、同じベッドで眠りながらも、本気でなにもできなくなった数日後の休日の早朝…。

眠い目をこすりながら洗面をすませて、リビングにさしかかると、キッチンのほうから料理の音が聞こえているのに気づいた。

まな板を叩くリズミカルで小気味のいい音と、揚《あ》げ物《もの》のシャーという音などなど。

音だけで、条件反射っぽく、よだれこぼしそうな感じだ。

つまり、おいしそうな音…ってことなんだけど。

中を覗《のぞ》くと、対面式キッチンの中で、忙しそうに立ち働いていたエプロン姿の祐介が顔

をあげて、朝っぱらからさわやかな顔で、

「おはよう」

と、オレに声をかけてきた。

「おはよう…」

答えると、その笑顔に吸い寄せられるようにフラフラッとキッチンに向かうオレに、祐介が、おいでおいでをする。

「なにしてるの？」

ごはんを作ってくれるのは、毎日のことなんだけど、なんとなく遠足とか運動会の朝っぽい感じがする。

そんなオレの期待を裏切らず、祐介は、にっこり笑って言った。

「おべんとう、つくってるんだよ。疾風、今日から合宿だろう？」

そうなのだ。

夕月もオレたちと同じ学校に通うことになったりしたせいで、ついうっかりしていたが、この連休を利用して、わが剣道部は合宿をおこなうことになっていたのだった。

それも、温泉で…。

もう先輩も引退して、二年のオレたちが最上級生だし、ほんとなら浮かれているところだが、オレは不安でしょうがなかった。

だって、花月も剣道部員だから、オレと一緒に行くじゃん？

そうすると、この家には、必然的に祐介と夕月の二人だけが残されるわけだ。

正直言って夕月はなにを考えているかわからないけど、それでもやっぱり祐介のことを狙ってるっぽいし…。

留守《るす》のあいだに二人になにか起こるんじゃないか…って、フツウ思うよな？

祐介を信じてない…ってわけじゃないけど、夕月に、強引に迫られたら？

夕月って、目的を達成するためなら、どんな卑怯《ひきょう》なことでもやりそうだし。

そんな危険な雰囲気《ふんいき》も、夕月の魅力のひとつなんだろうけどさ。

紫紺は男子校だし、夕月は、早速《さっそく》わが校のアイドルになっていたのだった。

てゆーか、女王様？

すでに、親衛隊もあるみたいだし…。どうやら、道を歩けば、下僕《げぼく》志願者にあたる…という状態らしい。

たしかに、みんなが浮き足立つのもわからなくはない。

学園祭も終わったばかりで、ふぅ…っと心がうつろになったところに、フェロモンたっぷりのビッグアイドルが転校してきたわけだから。

刺激に飢《う》えたオオカミたちにしてみれば、そりゃあもう、ふたたび祭りの到来という感じだ。

夕月のせいでちょっぴり影が薄くなりはしたが、花月も黙っていれば超かっこいいキラキラ系眼鏡《めがね》クンだし。

その上、お色気美人の夕月まで…となると、もう最強。

双子そろって、男の学園に、ちょっとピンクっぽい旋風《せんぷう》を巻き起こしていた。

もちろん、花月のほうは、そんなふんいきには気づいてない様子だったが。

できるだけ学園内では夕月と鉢合《はちあ》わせしないようには努力しているようだけど、それ以外では、相変わらず天然…っていうか、変なハイテンションで『武士道』を探求中だった。

それにしても、祐介、わざわざおべんとう作ってくれるなんて、優しい…。

「適当にコンビニでなにか買ってくつもりだったのに。せっかくの休みに早起きさせてごめん」

オレが謝《あやま》ると、祐介は、ふいに切《せつ》なげなまなざしで、オレをじっと見つめた。

「な、なに？」

祐介のそんなまなざしには慣れているはずなのに、オレの胸は、ドキドキ騒いでしまう。

そんなオレをますますメロメロにさせるみたいに、祐介は瞳を甘くうるませて、小さく微笑《ほほえ》んだ。

「いや。疾風のためなら、少しも苦労じゃないよ。おいしいもの食べさせてあげたいし」

そんなふうに言われると、オレのほうも、胸がじわっと熱くなってしまう。

「祐介…」

なんか急にキスしたくなって、オレは唇がうずうずするのを感じた。

キスだけなら、夕月に隠れて、いつもやってるんだけど…。

それ以上がなかなかやれないせいで、いまではもうすっかり、キスといったら、最高にいやらしくて気持ちいい行為…というイメージが、オレの頭の中に刷《す》りこまれてしまっていた。

オレがものほしげに祐介の唇を見つめているのに気づいたのか、祐介が困った顔で視線を揺らす。

「疾風…」

「なに？」

やることすべてやっちゃってる仲なのに、なんでこんなにドキドキするんだろ？

「ちょっと手伝ってもらえるかな？」

揚《あ》げ物《もの》が終わったのか、コンロの火を消しながら祐介が言う。

「こっち、きて…」

「あ、うん…」

なんとなく罠《わな》っぽい気もしたが、オレは、祐介に呼ばれるままに、カウンターの端《はし》をまわって、キッチンの中に移動した。

「おなべに入ってる煮物を、そこの器《うつわ》に移してくれる？」

「これか…」

菜《さい》ばしをつかみあげ、なべの中のおいしそうな里芋《さといも》の煮物を挟《はさ》もうとした途端《とたん》、突然パジャマの上着の裾《すそ》から、祐介の手がするりともぐりこんできた。

「…あっ」

エッチっぽい声をあげそうになるのを、オレは必死にこらえる。

「疾風を料理したいのに…」

「オレだって…」

無意識に口走りかけて、おれはハッと我に返る。

(なにを言おうとしてるんだよっ、オレっ)

でも祐介は、からかって笑ったりはせずに、思いつめた表情のまま、オレの肩に顔をうずめてきた。

「祐介…っ」

こんな…誰にでも見られてしまうところで、これ以上のことをするのはマズいって、抵抗しなきゃならないのに、カラダに力が入らない。

入らないだけならまだしも、祐介に抱きしめられると、気持ちよくって、ついカラダが勝手にお誘いモードに入ってしまう。

パジャマの裾をめくりあげるみたいに胸をなでている祐介の指で、突起《とっき》を優しくいじられながら、気がつくとオレは…。

「んっ、あっ」

甘い声を洩《も》らしながら、ねだるように祐介の下腹に、おしりをすりよせてしまっていたのだった。

「疾風…」

耳もとで、祐介のめちゃくちゃ欲情した声が、オレを呼ぶ。

(しまった！)

つい、やりすぎてしまったことに気づいたときには、もう遅くて…。

オレの腰を抱き寄せるみたいにウエストに這《は》ってきた祐介の片手に、パジャマのズボンを、ひきずりおろされていた。

太腿《ふともも》の付け根あたりまで…。

それも、パンツごとっ。

「……っ！」

ビクッとカラダをすくめるオレの股間《こかん》に、迷うことなく祐介の手がすべってくる。

オレは、思わず菜《さい》ばしをカタンと取り落としてしまった。

「ひぁっ」

でも、運よく里芋《さといも》は、もとのなべの中に落ちる。

(ラッキー！)

って、そんなこと気にしてる場合じゃないのにっ。

でも、食べ物は粗末《そまつ》にしちゃダメだよな。

オレの股間の欲望を、きゅむきゅむとしごきあげながら、祐介も、よし…って感じで小さくうなずく。

チェック入れるくらいなら、人が緻密《ちみつ》な作業（オレにとっては…だけど）してるときに、やらしいこと、仕かけてくるなって！

以前のオレなら、間違いなくクレームつけまくってたところだが、今は…。

夕月たちが起きてこないか、ビクビク廊下《ろうか》のほうを窺《うかが》いながら、祐介がオレのをいたずらしやすいように、軽く足まで開いてみたりして。

「ご協力…感謝」

祐介のほうも、いつもみたいにキチクにからかったりしないで、せっぱつまった声でささやいてくれるから、オレのカラダの奥はますますキュンとして、祐介が欲しくて欲しくてたまらなくなってしまった。

このくらいのことなら、いくらだってできそうなんだけど、ちょっとでも声を洩《も》らしたり、ベッドがきしんだりすると、壁をコンコンで叩かれちゃうんだよな。

なんか意地悪な姑《しゅうとめ》さんと同居してる新婚カップルみたいで、涙…。

他人ならまだしも、親戚《しんせき》だから、面倒…っていうか。

本気で親に告げ口されたら、オレたち、絶対遠くに引き離されるし。

(それだけは、絶対いやだ！)

力強く心の中で主張するオレ自身に、ちょっと驚く。

怖いよな。

抱き合えないとつらい…ってのもあるけど、引き離されたらどうしよう？　って考えたときに、ズキッとするのは、もっと深い部分。

オレ、いつのまにか祐介のことが、すごく好きになっちゃってるみたいだ。

一緒にいてくれてあたりまえっていうか、いてくれなきゃいやだ…っていうか。

おとといよりも、昨日。昨日よりも今日。

好き…って気持ちが少しずつ積もっていくみたいに、日に日に祐介への好き度が増していってる。

というか、好き度はとっくに百パーセント超えてるんだけど、『好き』をためている容器自体がどんどん大きくなってる感じだ。

そして、ふくらんだ容器の分も、即いっぱいになってしまうみたいなのだ。

このままどこまでオレの心のなかの『祐介好きBOX』が大きくなるのか、オレ自身にもわからなくて怖い。

でも、明日には確実に、今日よりもっともっと大きくなっている。…それだけは、ちゃんとわかっていた。

「ん、祐介…っ」

早く…と急《せ》かすみたいに腰を突き出す。

すると祐介も、エプロンの下から、とっくにその気になっている自分の欲望を取り出して、剝《む》き出しになったオレの谷間にこすりつけてきた。

「…あっ」

できあがったおべんとうのおかずが、所狭しと並んでいる配膳《はいぜん》用のワゴンテーブルに両手をついて、カラダを支えながら、オレはのけぞる。

キャスターつきだから、うまくやらないとテーブルごとズルッと動いてしまってマズいのだ。

力を加える角度が問題っていうか、上から下に向かって力を入れないと、支えの役目は果たしてくれないから。

そんなオレの苦労もおかまいなしに、祐介は、オレの腰を抱き寄せながら、容赦《ようしゃ》なく攻め入ってくる。

「やぁっ」

祐介の熱いものに、ずぷずぷっと押し開かれる感覚がたまらなくて、オレははしたないあえぎをあげながら、甘く腰を震わせてしまう。

「疾風、かわいい…。食べちゃいたい…」

いつも、遠慮《えんりょ》なく食べちゃってるくせに…。

でも、熱っぽい舌と唇に首を舐《な》めあげられると、もっともっと食べられたい気持ちになってしまう。

オレも別な意味で、祐介を食べちゃってるし…。

少しずつ中に入ってくる祐介のものを、エッチな筋肉できゅっきゅっと甘咬《あまが》みすると、応《こた》えるように祐介も歯ごたえを増した。

と言っても、歯はないけどさ、もちろん…。

「おいしい？」

「うん…」

控えめに答えるけど、めちゃうま…です。

目の前に、おいしそうなおかずがいっぱいなだけに、ますますおいしそう…というか。パブロフのわんこじゃないけど、これからは、おいしそうなものを前にしたら、ソッコウ祐介が欲しくなってしまうかも。

それって、マズい？

絶対…マズいよな。

思わず自問自答して、頭をかかえたくなるオレだ。

そこまで超豪華…ってわけじゃないけど、育ち盛りの男子が満足できそうな、量もたっぷりな肉料理とかがうまそうな宿を選んだから、温泉合宿でも、きっと食事の最中に祐介の美味《びみ》なこれを思い出して、疼《うず》いてしまうことが予想される。

「困るっ」

「え？　なにが困るって？」

「あ…っ」

心の中でつぶやいたつもりが、しっかり声に出してしまっていたみたいだ。

「な、なんでもない」

あわててごまかすが、祐介はしっかり疑惑に満ちたまなざしで、責めるみたいに、オレの乳首をくりくりつまんだ。

「あっ、やっ、そんなふうにされると…」

「なに？　ここにビンビンきちゃう？」

せっかく菩薩《ぼさつ》モードだった祐介なのに、あっというまにいつものオニに早変わりしてしまう。

「ああ、ほんとだ。すごく、きちゃってるみたいだね？　疾風のここ、もうぐっしょりだよ。泣き虫なんだから…」

クスッていう笑いつきで。

ちくしょーっ。

キチクされると、めちゃくちゃ憎い…って思うのに、カラダは余計感じちゃったりして。

オレって、M？　言葉ぜめに弱いし…。

いやいや、祐介にそういうふうにしつけられただけで、根っから…ってわけではないよな？

むしろ花月のほうがMっぽい…。

でも、どう考えても、花月がエッチのとき、受ける側ってのは全然想像できない。

しかし、Mっ子な攻めって、いったいどんななんだろう？

（そうだっ。今夜、花月のいないときに、竜司を問いつめてやろう…）

まだ花月とはそこまでの仲じゃないかもしれないけど、一応意味ありげに抱き合ってるところを見ちゃったし。

なんだかおもしろい話を聞けそうな予感。

自分の彼氏が、紛《まぎ》れもないSキチク野郎なだけに、そうじゃない相手ってのが、すごく気になるんだよな…。

つい今しがたまで、合宿行くのがユウウツだったけど、ちょっと楽しみになったかも。

（ありがとな。竜司、花月…）

心の中で二人にお礼を言いつつ、ちょっとにやりとしただけなのに、祐介がめざとく気づいて、肩越しにオレを覗《のぞ》きこんできた。

「なんだか楽しそうじゃないか…。僕と三日も離れるのが寂しくないの？」

「さ、寂しいに決まってるだろっ」

怒ったようにオレが即答すると、祐介も一瞬だけ機嫌が直る。

けれど、すぐにまた疑わしげな口調で、オレを尋問《じんもん》してきた。

「まさか、花月と塚原の三人で、破廉恥《はれんち》なことをする計画なんて立ててないよね？」

「はぁ？」

なんだよ、その…破廉恥な計画ってのは？

オレは恥じらいを知っているフツウの高校生男子だから、そんな計画、思いつきもしませんてっ。

「二人に上の口と下の口を攻められて、昇天なんかしたら、殺すかも…」

「な、なに言ってるんだよっ！」

心臓に悪すぎぎっ。

王子様ですか、あんたは…って聞きたくなるくらい、お上品な優等生顔で、なんで平然とそんな言葉がはけるのか、謎《なぞ》だ。

だが、しかし…。

ギョッとするような内容なのに、祐介のお綺麗《きれい》な顔とうっとりするような美声で、そういうこと言われると、あんまり下品に聞こえないんだよな。

お得な人だ…。

「二人をはべらせて、女王様ごっこなんて、したりしないと誓《ちか》える？」

「ば、ばかっ。そんなのあたりまえだろっ？　夕月じゃあるまいし…」

そう言った途端《とたん》、オレは、夕月に足なんて舐《な》めさせられてる祐介の姿を想像して、一気にブルーな気分になってしまった。

「おまえのほうこそ、夕月とエッチなことしたら、許さないからな…」

ちょっとドスをきかせつつ、オレが脅《おど》すと、祐介は本気で驚いたように目を見開いた。

「僕が、夕月と、いったいなにをするって？」

あ、やばい。なんか、怒ってる…。

「だから…」

思わず、オレは泣きそうになる。

「浮気したら、泣く…って言ってるんだよっ」

「疾風…」

祐介が甘い声でささやきながら、ぎゅっとしてくれて、横から無理やりキスを奪う。

「あ、ん…」

じん…となって、夢中で祐介を絞《し》めつけると、祐介の欲望も応《こた》えるようにドクンと大きくなる。

「や…」

また絞めつけるオレを、祐介が優しく突き上げてきて…。

「あっ、あっ、やぁ…っ」

ぐちゅぐちゅいう音に煽《あお》られるみたいに、オレはあっけなく祐介の手の中に、エッチな液体をあふれさせてしまっていた。

〔6〕朝からキッチン生トーク・2★

祐介もオレの中でイッて、二人ではぁはぁと息を整えていると、祐介がきつくオレを抱きしめて、また優しいキスをくれる。

なんだかまた切《せつ》なさがこみあげてきて、オレは祐介を振り向くと、自分から、ぎゅっと抱きつく。

「ゆ…すけ」

好き…っていう気持ちに押しつぶされそうになって、目もとがじわっと熱くなる。

「疾風…」

「んっ、ん…」

涙まじりに祐介とキスしながら、オレは少し落ちこんでしまった。

（オレ、乙女《おとめ》すぎないか？）

なんか、めちゃくちゃ恥ずかしい。

おまけに、情緒《じようちよ》不安定すぎっ。

このままじゃ、男として、問題ありだ。

花月みたいに変わりモンスターっぽいキャラなら、ちょい乙女入ってても、世間はなまあたたかく見守ってくれるだろうけど。

オレの場合は、極々《ごくごく》平凡なイレギュラー攻撃なしの、元気だけがとりえのまともキャラだし。

マジ、この合宿で、心身ともに叩き直してこなければ…。

とは言うものの、面子《めんつ》が面子だけに、不安だ…。

そう。二年部員は、竜司と花月とオレの三人だけ。

先輩が厳しすぎたせいで、オレと竜司しか残らなかったところに、『武士道』を愛する花月が入ってきたというわけだ。

三年引退後、一年はじりじり増えつつあるけど。

とにかくオレたち三人、同室だし、祐介が心配するようなことは、絶対ないと言い切れるけれども、心身の鍛錬《たんれん》に没入《ぼつにゆう》するのはやはり無理そうな気配が…。

「心配だ…」

キスしながら、祐介がつぶやく。

それは、オレも同感だ。

オレの場合、自分の心配もたしかにあるけど、あとに残していく祐介と夕月のことが、とにかく心配で心配で…。

なぜか竜司をさしおいて一応部長だし、立場上行かないわけにもいかずに、オレはすがるように祐介を見つめる。

その視線を意味を、勝手に勘違《かんちが》いしてくれた祐介が、

「腰が立たなくなるくらい激しくしてほしいの？」

…なんてことを、情感たっぷりに訊《き》いてくる。

それこそ、『違います…』なんて言ったら、本気で足腰立たなくされそうな威圧《いあつ》感たっぷりの口調で。

祐介の気迫におされて、オレが返答にとまどっていると、祐介は気前のいい太《ふと》っ腹《ぱら》な人間っぷりをアピールするように、声をひそめてささやいた。

「いいよ。疾風の望みどおりにしてあげる」

「や、いい…って。もうそろそろ出かける準備もあるし…」

やんわり辞退するのに、祐介はすかさずオレの逃げ道をふさぐ。

「準備なら、昨夜《ゆうべ》疾風が寝てから、僕がやっておいてあげたから」

「え？　ほんとに？」

昨日さんざん祐介から、

『準備は前日にやっておけ…』

と、うるさく言われていたにもかかわらず、ゲームやって眠くなったせいで、オレは、なにもしないまま寝ちゃっていたのだ。

「サンキュ、祐介…」

実は、助かった…って感じ。

そういう準備、めっちゃ苦手なんだよな。

昔っからぎりぎりまでやらなくて、おふくろがとうとう見兼ねて怒りつつやってくれてたから、結局苦手意識は改善されないままだったり。

いや、おふくろが悪いんじゃなく、オレ自身がダメダメなのはよーくわかってるんだけど、面倒なことはつい後まわしにしちゃいたくなるんだよな。

そんなオレに対する反応は、祐介もおふくろと似たり寄ったりだ。

厳しいのは厳しいけど、きっと根っから面倒見いいんだよな？

そういうやつには、オレみたいに手のかかる相手が…。世の中うまくできてる…って言ったら、思いっきりバチ当たりそうだけど、ありがたや、ありがたや。

「バッグの外ポケットに、入ってるもののリストと、収納場所をメモしておいたから」

「あ、助かる…」

どうせ自分で詰めても、どこになにがあるか、全然わかんなくなるタイプなので、なにも問題ナッシングだ。

むしろ、自分でやるより絶対わかりやすいはず…。

ラッキーと思いつつ、やはり自分が情けなくなったりして。

本気で、一度、性格&根性叩き直したほうがいいかも。

深窓《しんそう》のお坊ちゃまでもあるまいに、自分じゃなんにもできないし、すべてにおいてルーズだし。

ほんと、祐介の爪《つめ》の垢《あか》でものむべき?

でも、祐介の手はいつも清潔で綺麗《きれい》だから、そんなのないけどさ。

(アレなら、たまにのまされてるけどな…)

突然エロい行為のことを思い出して、オレは一人で真っ赤になった。

「なに？　誘ってるの？」

「え？　あ、ちが…っ」

あわてて否定したが、祐介は、誘われる気満々だ。

「準備も終わってるし、シャワー浴びて、朝ごはん食べて、服を着替える時間を引いても、あと三十分は余裕で愛を語りあえるな」

祐介に言われて、ハッとリビングの時計を見ると、たしかにまだかなり早い時間だった。

「うそっ」

「目覚まし、一時間早くかけておいたから…」

フフンと得意げに笑いながら、祐介が言う。

「あ、う…」

や、やられた…。

もしかしなくても、この…朝のキッチンエッチは、祐介の計画どおりってことか？

オレの心の声が聞こえたのか、祐介がうなずく。

「ツー・ラウンドもやることになろうとは、思ってなかったけどね」

そうささやくと、祐介は、オレの腰を抱いたままグルッと百八十度向きを変えた。

ダンスでターンでも決めるみたいに…。

そして、今度はオレをシンクに押しつけると、祐介はいきなりオレの足もとにひざまずいた。

ワゴンテーブルの下に半分もぐりこむみたいな感じで…。

「な、なんだよ？」

「ちょっと禁断エッチっぽくない？」

「え？」

オレのものに唇を寄せながら、祐介がクスッと笑う。

「中世ヨーロッパで、疾風が女の子なら、さしずめドレスのスカートの中にもぐりこんでるとこ…みたいな？」

「うう…」

キスで濡れたなまめかしい唇で、そんなことささやかれると、そんなつもりじゃないのに、また変な気分になる。

「いいな。そのシチュエーション。機会があったら、ぜひドレスで…」

「やるかっ！　そんな機会なんて、一生ないっ」

きっちり言っておかないと、少しでも隙《すき》を見せようものなら、本気でセッティングされちゃうからな。

祐介って、実行力ありまくりだから。

「残念…」

すねたみたいにつぶやくと、祐介はいきなりオレのものを口にふくんで、ちゅむちゅむとしゃぶり始めた。

「あっ、や…っ」

そこにキスされた時点で、逃げろよ、オレ…。

だが、口の中に咥《くわ》えられてしまうと、もう逃げられなくなってしまう。

祐介がいやらしくオレのものを吸ったりしゃぶったりするのを、シンクに両肘《りょうひじ》をついて必死に耐えているっていうのに…。

「ふふっ」

オレを上目遣《うわめづか》いに見上げて、祐介は意味深《しん》に笑った。

「なにがおかしいんだよっ？」

「いや。パジャマの肩がいい具合にはだけてて、かわいいなと思って…」

「あ…」

あわててひきずりあげるが…。

「んっ、は…っ」

祐介に、股間《こかん》のものをしゃぶられると、思わずうしろにのけぞってしまって、気がつくとまた両肩ずれ落ちまくって、祐介を喜ばせる結果になってしまった。

「すごい。ついさっき出したばかりなのに、疾風の、もうこんなだよ」

「うるさいっ」

その実況《じっきょう》中継ぐせだけはやめてくれ…って、いつもお願いしてるのに、どうも本人それが楽しみらしくて、まったくやめる気がないらしい。

「ぬるぬるのジュースがあふれ始めてるし…」

「ひゃ…」

祐介が変なことを言うから、またビクンとしちゃったじゃないかよっ。

「ほんと、疾風って、言葉ぜめに弱いよね」

「誰がっ。祐介が、今、ちゅくってしたじゃないか。だから…」

「する前からだよ。疾風、濡れすぎ…」

(うう…。墓穴《ぼけつ》…)

言い返すと、さらに言葉ぜめにあわされるお約束みたいだ。

でも、言葉ぜめさせておくと、祐介はめっちゃ機嫌がいい。

まさか、普段学校とかで、さわやかでいい人の生徒会長を演じている分のストレスを、オレへの言葉ぜめで発散してるわけじゃないよな？

（あ、ありそう…）

「いやらしぃよな、疾風のカラダ。あふれる蜜で、溺《おぼ》れてしまいそう…」

（ひぃーっ）

思わずカラダを支えている腕をあげて、両耳を塞《ふさ》いでしまうオレだ。

「も、いいから…」

言葉ぜめはやめてくれ…と続けるつもりだったのに、祐介は、準備ＯＫと解釈したらしく、オレのジュニアから舌を離して、スイッと立ち上がった。

テーブルに肩をぶつけて、せっかく作ったお弁当を床にばらまきはしないかと、オレは一瞬心配する。

だが、当然祐介は、そんなドジなど踏んだりはしなかった。

おまけに、立ち上がりしなに、はだけたパジャマのあわせから覗《のぞ》いてしまっている人の乳首まで、すばやく舐《な》めあげたりして…。

器用なやつ…。

「じゃあ、早速《さっそく》、おかわりをいただくとしようか…。食べごろになった疾風のここ…」

にっこり笑いながら、さわやかに、親父《おやじ》っぽいやらしい台詞《せりふ》を洩《も》らすと、祐介はてのひらでオレの太腿《ふともも》のあいだを撫《な》であげる。

「あ…」

ぐちゅぬるっとした感覚で、そこがぐしょぐしょなのが、オレにもわかる。

先走りがそんなところまでしたたってしまったのか…と、あまりの自分の濡れすぎ具合にビクッとするが、さっき祐介の出したものが中から伝い落ちてきたんだってことに気づいて、オレは少しほっとする。

「とってもホット&ジューシィだね」

花月じゃあるまいし…とツッコミを入れかけて、オレはハッと思い出す。

そういえば、祐介も、十年近く海外暮らししてたんだっけ？

だから、愛情表現その他が、ストレートだったりするわけだ。

恥じらいも足りないし。

なるほど…。恥の文化って、日本特有のものらしいから…。

そのあたりを、花月にも、この合宿でよーく教えてやろう。

(そしたら、この家の恥知らず率が、七十五パーセントから五十パーセントに減るしな)

そう自分に言って、一人うなずいてみるけれど…。

(まだまだ…だ)

オレは、がっくり肩を落とす。

祐介と夕月という…恐るべき恥知らずを敵にまわして、オレと花月のタッグでは、到底勝ち目がない。

「そんな色っぽい顔をして。疾風はお誘い上手《じょうず》だよね…」

「ちがっ」

脱力してただけなのに…。てか、時間はまだ大丈夫なんだろうか？

ふと不安になって、いましも挿入《そうにゅう》してこようとしている祐介を受け入れるために、渋々《しぶしぶ》と太腿《ふともも》を開きつつ、リビングの時計をたしかめようとしたオレは、ドアの柱に片手をついて、こっちを見ている夕月と目が合ってしまった。

「うわっ」

オレが叫ぶのを聞いて、祐介も顔をあげる。

「夕月…」

「モーニン…」

夕月が、ひらひらと片手を振る。

「早いな…」

二度目ではあるが、これから…ってときに邪魔されて、かなりムッとした口調で祐介は夕月に向かってつぶやいた。

「花月の寝相《ねぞう》が悪いから、目がさめちゃった」

肩をすくめながら、夕月が言う。

パジャマではなく、どこかで事前に調達してきていたらしい、ピンクの無地《むじ》の浴衣《ゆかた》を、ナイトガウンっぽくまとっている姿も、やはりセクシー。

「セミダブルじゃ、折り重なってでも寝ないと、すぐ落ちちゃうし」

そういや、オレたち同様、花月と夕月もひとつのベッドで寝ているのだ。

それも、オレたちのより少し小さい、もとのオレのベッドで…。

(そりゃ、大変かも…)

縦にも横にも重量的にも、祐介とオレを足したより、夕月と花月を足したほうがずっと数字がいってそうなのに。

だからといって、祐介が、部屋を代わってやろうか…なんて言い出すはずもないけど。

「だから座敷に布団《ふとん》敷いて寝ろ…と、言っただろう？」

猛《たけ》った自分のものをオレの下腹にすり寄せながら、祐介がめっちゃ冷ややかに返事をしている。

しかし、夕月は、わざとらしく浴衣の裾《すそ》を乱しながら、上目遣《うわめづか》いに祐介を流し見た。

「えー？　日本のお座敷、なんだか怖い。祐介が一緒に寝てくれるっていうんなら、我慢するけど…」

折り重なるのもＯＫだよ…と、ウインクしながら、付け加える。

「それこそ、怖そうだから、遠慮《えんりょ》する」

すぐに祐介は、夕月のお誘いを断わる。けれども…。

オレのそこに重なっている祐介のものが、一瞬ビクと大きくなった気がして、オレは、ひそかに祐介をにらみあげた。

本当は、膝蹴《ひざげ》りのひとつも喰らわしてやりたかったけど、一応ちゃんと、ノーと言ってくれたわけだから…。

下手《へた》に嫉妬《しっと》してるのを知られても、祐介を無駄《むだ》に喜ばせるだけだしな…。

「ところで、そんなところで、なにしてるの？」

「う…」

油断させておいて、いきなり核心に迫るところが、さすがＳっ子。

だが、こっちのＳっ子も負けてはいない。

「料理だけど…」

しれっと、祐介は答える。

「へぇ。なんの料理？」

「まぐろ…」

（それって、いやみ？）

最近はオレだって、まな板の上のまぐろみたいに転がったままじゃなく、ちゃんと自分から腰なんか振ったりして、協力してるつもりだけどなっ。

「……っ！」

祐介のエプロンの端《はし》の、ちょうど脇腹あたりをシャツの上からつまんで、異議を訴えるけれど…。

祐介はチラと目線をさげ、『そのくらいじゃ全然足りないよ』って言いたげなまなざしでオレを見た。

「朝っぱらから、ずいぶんごちそうだね」

意味がわかってるのか、わかってないのか、全然読めない口調で、夕月がコメントを加える。

「栄養たっぷりで、健康にもいいんだよ」

さらっと祐介が言い返すが、裏に秘められた意味を想像して、オレは耳まで赤くなってしまった。

「それにしても、疾風、なんで胸はだけてるの？」

「あ、これは…」

ずばりと痛いところを突かれてパニック状態になるオレの口を、てのひらで押さえて黙らせながら、祐介は、そこにあったふきんをつかみ、いきなりオレの胸をゴシッとこすって言った。

「料理が冷めないと、おべんとう箱に詰められないから、待ち時間を利用して、疾風に乾《かん》布《ぷ》摩《ま》擦《さつ》してやってたんだ。な？」

…って訊《き》かれても。片手で口塞《ふさ》がれてるし…。

でも、そのほうが、オレ的にも都合がよかった。

なぜって、祐介に口を押さえられてなかったら、オレ、絶対変な声あげてるから。

わざとか偶然かは知らないが、乾布摩擦と称して、祐介のやつがオレの胸の突起《とっき》をふきんでゴシゴシとこするせいで、おかしな具合に感じてしまったのだ。

「ほら、疾風…。もっとこのあたり鍛《きた》えないと、男のくせにぷよぷよしてるじゃないか。ずっと剣道やってるのに、なんで？」

…って、それはオレのほうが訊きたい。

「おまけに、ちょっとこすっただけで、乳首たたせて。兄として心配でたまらないよ」

（え？）

過激な祐介の発言に、オレはうろたえながら、夕月を窺《うかが》う。

しかし、それは、夕月の別のツボを激しく刺激したようで、妖《あや》しい浴衣《ゆかた》姿の綺麗《きれい》なお兄さん（弟か…）は、「わかるよっ」と、身を乗り出してきた。

「危なっかしい兄弟をもってると、心休まる余裕ないんだよね？」

「だな…」

って、祐介も、なに…しみじみうなずいてるんだよっ！

ま、でも、話がそれたみたいで助かった？

「そんなわけだから、夕月、悪いけど、花月起こしてきてくれないか？　そろそろ朝ごはんにしないと、まにあわなさそうだから」

祐介の言葉に、夕月は渋々《しぶしぶ》うなずく。

「まったく。手がかかるんだから」

ぶつぶつ言いつつも、いそいそと起こしにいく夕月は、実はとても面倒見のいいやつなのかもしれなかった。

〔7〕温泉合宿でドッキリ★

「疾風っ。新婚旅行が温泉なんて、ロマンティックですぅ」

渓流《けいりゅう》を見下ろす景色のいい部屋にとおされ、大満足そうな花月が、浮かれながらオレに抱きついてくる。

駅からの途中、一緒に歩いていたはずなのに、なぜか一人だけ迷子《まいご》になりかけた花月をどうにか見つけ出して、やっと落ち着き、練習着に着替えたところだ。

この温泉宿のとなりには、ありがたいことに小さな体育館があって、練習に使わせてもらえるよう話はつけてあった。

「あとであの小道を、腕を組んで散歩しましょう」

窓から、渓流沿いの小道を見下ろしながら、うっとりと花月がつぶやく。

やつが転校してきた日に学校の中で迷っているところを助けてやったせいで、オレに、妙な懐《なつ》きかたをしている花月だ。

けど…。

（オレにそんなこと言っていいのか？）

相手が違うんじゃ？　とオレが思った瞬間、案《あん》の定《じょう》、低気圧を背負った第三の男が大股《おおまた》に部屋を横切って近づいてきた。

「ばかっ。なにが新婚旅行だっ？　夢見てんじゃねぇっ」

オレがツッコミを入れる前にそう怒鳴って、背の高い花月の襟首《えりくび》をつかんで引き剝《は》がしてくれるのは、オレの幼馴染《おさなじ》みで剣道部副部長の塚原竜司だ。

正直言って、剣道の腕は、オレより上なんだけどさ。

「そうだよ。散歩するなら、竜司とのほうが、よりロマンティックな展開になるんじゃないのか？」

朝からめちゃくちゃ疲れることがあったせいで、ちょっと投げやりな気分になっていたオレは、あれこれ配慮《はいりょ》する気力もなく、思ったとおりのことを口にしていた。

途端《とたん》…。

「な、なにばかなこと言ってるんだよっ！」

竜司が、頭から湯気でも出しそうに赤くなって異議を唱える。

その横で、花月は、きょとん…としている。

…ってことは、この二人、まだおつきあい未満？

それも、花月はまったく自覚なしで、竜司は意識しまくり…みたいだ。

（意外…っ！）

いろんな意味で…。

じゃあ、Mっけのある彼氏がどんな感じで迫ってくるのか、竜司に聞いてもわからないってことか？

（ちぇ、残念）

それを聞き出すのが、この合宿の最大の楽しみだったのに…。

…って、心身の鍛錬《たんれん》はどうした？　オレっ！

だが、しかし…。それなら、あのとき抱き合っていたのは、なぜ？

「つきあってるんじゃないの？　おまえたち…」

オレが尋ねると、竜司が、窓辺に立てかけておいてあった竹刀《しない》を、突然握りしめた。

「斬《き》るぞっ！」

「竹刀じゃ、無理っ」

そう言い返しつつ、オレはとっさにあとずさる。

が、たまたまそこに花月がいたせいで、気がつくと、その腕の中にすっぽりと抱きこまれてしまっていた。

「あ…っ」

にっこり微笑《ほほえ》む眼鏡《めがね》ハンサムの花月を見て、オレは一瞬固まる。

（こいつ、黙って立ってりゃ、やっぱりめちゃくちゃかっこいいっ）

だが、同じ家で暮らしていて、祐介にいじめられてるところや、夕月に泣かされているところを何度も見ているだけに、そのギャップについ笑ってしまいそうになる。

「な、なんだよ…っ。二人でいい雰囲気《ふんいき》作りやがって！　神聖な合宿中に、そんな淫《みだ》らな空気は許さないぞっ」

竜司が眉《まゆ》をつりあげるのに気づいて、オレはポカンとしてしまった。

「いつ、いい雰囲気なんか、作ったよ？」

「今っ」

ふたたび竹刀を握る手に力をこめる竜司を見て、オレは、はぁ…とため息をついた。

「誤解だ…」

そんなふうに見えてしまう竜司の目には、かなりなジェラシー・フィルターがかかっているらしい。

けれど、花月が、オレをうしろからぎゅっと抱きしめながら、首のあたりに顔を埋めるようにして、

「誤解じゃありません…」

なんてことをささやくから、いきなり話が面倒な方向に流れてしまった。

「やっぱりっ！　一緒に暮らしてるし、おまえら実は…」

ショックを受けた顔で、竜司が、竹刀《しない》を握った手を力なく下におろす。

竜司にそんな疑いをかけられて、ショックなのは、オレのほうだ。

「実は…って、なんだよ？」

「でき…てるんだろ？」

くっ…と顔をそむけながら、竜司がつぶやく。

「誰と誰がっ！」

いくら男子校生活に染まりまくってるからといっても、その発想はないだろうっ！

おまけに、おかど違いだしっ。

ついムカッとしてしまうが…。よく考えると、先に花月と竜司の仲を疑ったのは、オレのほうだっけ？

とにかく誤解は解《と》いておかなきゃ、竜司が血迷って、祐介の前で花月とオレがどうの…みたいなことを口走った日には、大変なことになる。てゆーか！

「花月、事態を混乱させるようなこと言ってないで、おまえもちゃんと否定しろよっ」

「なにをですか？」

「くっ…」

（この…天然やろーめっ！）

これが、祐介や夕月みたいに、計算の入った言動なら、ソッコウ股間《こかん》に膝蹴《ひざげ》り喰らわせてやるのに。

「僕は疾風が大好きでーす。一生ついていくと決めてます〜」

…なんてことを言われると、こいつも実は、天然のふりをしたキチク野郎なんじゃないかと、ついつい疑いたくなった。

しかし、今問題なのは、花月が天然なのか否《いな》か…よりも、目の前でフルフルしている竜司だ。

「竜司っ、信じてくれっ。こいつが言ってることは、冗談だからっ」

人が必死に身の潔白《けっぱく》を訴えているっていうのに、竜司は目をあわせようともしない。

「なんだよ、その態度はっ。男をめぐって、親友同士でいがみあう…なんてのは、ごめんだからなっ」

オレが言うと、竜司は、カッと耳まで赤くなって、オレをにらんだ。

「誰がっ。そんなヘミやろーなんか、興味ねーよっ」

「そ、そうなんですか？」

なぜかうろたえる花月も謎《なぞ》だ。

なんの関係もない…わけじゃないのか？

「こないだ、おまえら、抱きあってなかった？」

オレが訊《き》くと、心当たりがあるらしい竜司が、ビクンと肩をふるわせる。

けれど、花月のほうは、眼鏡《めがね》の下の長いまつげをパチパチさせるだけで、戸惑っているようだった。

「それこそ…誤解だ」

なぜかつらそうな声で、竜司が言う。

「そいつのスキンシップ好きは、おまえも知ってるだろう？」

「え？　うん…」

オレはうなずくが…。だったら、花月がオレを抱きとめたくらいで、キリキリ怒るな…と強く主張したい。

「弟からの電話で動揺して、たまたま最初に出会った俺に抱きついただけだよ」

そう打ち明けたあとに、竜司は、ぽつんと付け加えた。

「別に俺じゃなくても…誰でもよかったんだろ？」

「それは違う…」

これまで、こんなまじめな花月の顔は見たことがない…って表情で、花月は首を横に振った。

「リュージだから、抱きました」

またまた問題発言を、臆面《おくめん》もなく…。

もしかして、こいつ、夕月よりもずっとタチの悪い、天然トラブルメーカー？

でも、それに対する竜司の反応も怪しい。

「ば、ばかっ」

竜司、うろたえすぎ…。

まだやばい関係じゃないんだな…って一度は納得したものの、急にまた疑惑がむくむくと、オレの中にわきあがってくる。

き、気になるじゃないかよっ。

「抱いたの？」

我慢できずに、オレは訊《き》く。

「えっと…」

花月が、やっと自分の発言が不用意だったことに気づいたらしい。

「ヒミツです」

ますます意味深《しん》に、でも天然っぽく答える花月の横から、たまりかねたらしい竜司が、あせって口を出してくる。

「なにもねーっ。絶対なにもねーからなっ」

「そう言われると、ますます怪しい…」

「頼む、信じてくれー」

オレの剣道着の襟《えり》をつかみながら、竜司が哀願《あいがん》するが、簡単に「いいよ」とうなずいてやれない心境だ。

「仕方ない」

オレは竜司の首を抱き寄せ、そっと耳打ちした。

「信じてやるから、あとで全部吐けよ」

「う…」

即座にOKしないところを見ると、やはりなにかワケありっぽい。

さらに問いつめようとしたそのとき…。

「先輩、準備整いましたっ」

一年のまとめ役の柴崎《しばざき》が、オレたちを呼びにくる。

「おうっ。今行く…」

答えると、オレは竜司をチラと振り返り、『覚悟しとけよ』というように、視線で脅《おど》した。

竹刀《しない》を握って部屋を出るときに、ふと肩越しにうしろを見ると、オレのイメージにある頼りない顔ではなく、男らしく余裕ありげな甘い笑みを浮かべた花月が、竜司の頭をくしゃっと撫《な》でるのが見えた。


練習もいい感じにはかどり、みんなで入浴タイム…だったはずが、オレだけ一人、急《きゅう》遽《きょ》部屋でシャワーを浴びる羽目になってしまった。

みんなには、急用ができた…と言ってごまかしたが、実は、更衣室でハダカになろうとしたときに、鏡に映る自分の胸《むな》もとに残されたえっちぃアトに気づいたせいだ。

打ち身とでも言って、平気で入ってしまえばよかったんだろうが、軽くパニック状態になってしまって、あわてて胸もとをかきあわせ、部屋に走って戻ったわけだが…。

「祐介のやろーっ！」

部屋風呂の鏡で全裸《ぜんら》の自分をチェックしたオレは、あらためて、みんなと入らなくてよかったと思い知った。

というのも、やばい痕跡《こんせき》は、胸だけではなかったからだ。

「いったい、いつの間にっ」

ここ最近ごぶさただったから、今朝《けさ》の間には違いないのだが…。

「なんで、太腿《ふともも》に咬《か》みアトつけてんだよっ」

『浮気防止のためだよ』

とささやいて笑う綺麗《きれい》なキチク顔が、脳裏《のうり》にくっきりと浮かんで、オレはこぶしを握りしめる。

「加減しろよっ。せっかくの温泉なのにっ」

温泉にきて、部屋風呂に入らなければならないほど、哀しくつらいことはない。

そんなわけで、食事もすませ、ミーティングもすませ、疲れ果てたみんなが泥のように眠りにつくころに、オレは一人…露天《ろてん》風呂へとやってきていた。

「命拾いしたな、竜司…」

あれこれ問いつめてやるつもりだったが、花月と竜司の二人を一度に相手にするのは、オレでは分《ぶ》が悪い気がして、今日のところは勘弁《かんべん》してやることにしたのだ。

すべって転ばないよう気をつけながら、オレは、ぼんやり暗いオレンジの照明の湯屋《ゆや》を抜けて、露天に続く戸をガラガラと開けた。

先客がいるかな？　と思っていたのに、子供は寝ていて大人は宴会《えんかい》しているという微妙な時間帯なので、運よく露天風呂には誰もいない。

「やった！　貸切《かしきり》じゃんっ」

喜んではみるものの、少し寂しかったりして…。

うすくモヤもかかってるし、岩風呂のまわりはちょっとヤブっぽくなってるし。

でも、明るくて人も大勢いたら、マズいあとが見えてしまうから、こういう感じじゃないと、入れないんだけどさ。

そう思うと、またしても祐介の甘～い笑顔が、無性《むしょう》に憎く思い出されてしまった。

「とにかく、温泉温泉っ」

オレは、木の桶《おけ》をつかみあげて軽くかかり湯をしたあとに、白っぽくにごったお湯に、わくわくとすべりこむ。

いかにも温泉という感じのにおいが、ほわんと鼻をくすぐり、柔らかなお湯が、じわっと疲れたカラダを包みこんだ。

「んー、この感じっ。さ、最高だぜっ」

オレは感激して、両手のこぶしをあげる。

「やっぱ、温泉は、にごり湯に限るなっ。ここを見つけてくれた祐介に感謝だぜっ」

そう。合宿場所、どこにしようと悩んでいたときに、一緒に探してくれたのは、なにを隠そう祐介なのだ。

「仕方ない。気持ちいいのに免《めん》じて、今朝《けさ》の狼藉《ろうぜき》は許してやるか…」

まだちょっと許せない気分も残ってはいるけどな。

「祐介のやつ、今頃どうしてるだろう？　もう寝てるかな？」

いつもは、オレがゲームやったりTVみたりと夜更《よふ》かしするせいで、祐介もそれにあわせて、寝るのは結構午前様だったりするけれど、もともとは早寝早起きの人だ。

もしかしたら、オレがいなくて、せいせいしているかもしれない。

『手のかかるやつがいないのも、たまにはいいな』

…なんて、夕月と意気投合《いきとうごう》していたりして。

一緒にいると、オレの発している色香に惑わされて（ホントか？）見えなかったことも、冷静になるとあれこれ見えてきて、オレの面倒をみなきゃいけない毎日に、嫌気《いやけ》がさしちゃったりしてな…。

（ううっ）

せっかく心地《ここち》よく温泉に浸《つ》かってるっていうのに、段々気持ちが落ちこんでくる。

祐介のキチクやろー…とか、いっつも罵倒《ばとう》しまくっているが、よく考えてみれば、朝早くから夜遅くまで、オレの世話ばかりさせているような気がする。

このままじゃ、祐介の足をひっぱりまくって、やつの輝かしい未来を台無しにしてしまうかもしれない。

（オレ、どうしたら…？）

花月や夕月を追い出すよりも、オレがあの家から出ていくべきなのでは？

どうせ、志望校も決まってないし、いっそシンガポールにいるおふくろたちのところへでも行ったほうがいいのかも…。

（だよな？）

このままじゃ、オレに合わせて、祐介まで、レベル低い大学に行くって言い出しそうだし…。

(そんなことになる前に、心をオニにして、オレのほうから、さよならを…)

考えただけで、目もとが、じわっと熱くなってしまう。

(やっぱり離れたくないよ。祐介…)

なんだか無性《むしょう》に祐介に会いたい。

抱きついて、めちゃくちゃやらしいキスがしたい…。

(ダメじゃん、オレ…)

濡れた目もとを、指でごしごしこすりながら、心の中でつぶやいたそのとき…。

ついさっきオレが入ってきた引き戸が、背後で、ガララと開くのが聞こえた。

(わ、やば…っ)

お湯の中で、オレはとっさに身をすくめる。

膝《ひざ》をかかえ、あごが浸《つ》かるくらいまで縮こまりながら、別にそこまでコソコソする必要がないことに、オレは突然気づいた。

(暗いし、にごり湯だから、祐介がつけたエロいアトも見えないだろうし。……泣いちゃってたのも、バレないよな?)

多分…。

だが、しかし…。

思いっきり緊張してしまうオレは、根っからの小心者《しょうしんもの》だ。

そんなオレの頭の上を、誰かの影がスッと通りすぎる。

と思ったら、そいつはわざわざオレのすぐ横に、するりとカラダを沈めてきた。

(な、なぜっ？)

それほど広い露天風呂《ろてんぶろ》じゃないが、オレがいるところ以外はどこでも空《あ》いてるんだから、離れて座ればいいのに。

「星の綺麗《きれい》な、いい夜ですね」

チャポンとお湯を揺らして、そいつは空を見上げながら話しかけてくる。

(星なんか、見えたっけ？)

ぼんやりしたオレンジのライトと湯気で、夜空もぼやけてしか見えない気が…。

いや、それよりも…。

「ロマンティックだ…。二人きりだし」

そうささやくと、そいつは、オレの太腿《ふともも》に遠慮《えんりょ》なく手をはわせてくる。

「あっ」

押しのけようとするオレの手をしっかりと握りながら、耳もとで、オレのよく知っている甘い声がふふっと笑った。

〔8〕きみも僕も恋の奴隷★

「これも、僕の日頃のおこないが、いいおかげだね」

「ゆ、祐介っ？　な、なんでっ」

「夕月が、自分も温泉旅行がしたいって言い出したから、仕方なくつきあいで…」

オレの腰をグイと抱き寄せながら、吐息も触れあいそうなくらいの至近《しきん》距離で、綺麗《きれい》な顔が微笑《ほほえ》む。

「夕月が？　そ、そうなんだ？」

仕方なく…か。

(そうだよな？)

オレに会いたくて…追っかけてきたわけじゃないよな？

……ちょっと寂しい。

ついシュンとしてしまうオレの頭を、祐介の大きな手がぽむっと撫《な》でた。

「…なんて、うそだよ」

「え？」

「疾風に会いたくて…。というか、最初から予約済み」

（はいー？）

「疾風たちの合宿用に、ネットで予約入れてやっただろう？　あのとき、自分の部屋も、ちゃっかりとっておいたのさ」

「うそっ」

「うそなら、ここにいないって。結構人気の宿だから、予約開始後すぐにいっぱいになっちゃうんだよ」

のんきだな、疾風は。…と付け加えて、祐介は軽くオレをにらむ。

「ごめん」

珍しく素直に謝《あやま》ってみたりして。

実際、オレたちの分の予約とか、料理の交渉《こうしょう》も、全部祐介に頼んじゃったしな。

「いつもご苦労おかけします」

オレがペコリと頭をさげると、祐介はギョッとしたように目を見開いた。

「なにか悪いものでも拾い喰いしたんじゃないよね？　毒きのことか…」

「な…っ。いくらオレでも、得体《えたい》の知れないきのこなんか、拾って食べたりしねーよっ。花月なら、わかんないけどな」

実際、今日、山の中をランニング中、やばそうなきのこに手を出そうとしてたから。

見るからに毒ありそうって感じの真っ赤なきのこが、木にはえてるのを見つけて、

『なんて美しいきのこなんでしょう。きっとすばらしくおいしいに違いありませーん』

とか言いつつ、顔を近づけようとしてたから、ほかの全員で押さえつけて引き剝《は》がし、どうにかことなきを得たのである。

決して知能は低くないはずなのに、生活力なさすぎ…。

それでよくもまあ、単身日本までやってきて、紫紺学園にたどりつけたな…と、いまさらながらにしみじみしてしまうオレだ。

（たどりつくまでに、地球一周分くらいは迷ってたりしてな…）

おおげさじゃなく…。

「花月が、なにか？」

急に不安をおぼえたのか、軽く眉根《まゆね》を寄せて、祐介が訊《き》いてくる。

「いや、別に。いつもどおりだよ。ちょっと毒きのこに誘われた程度で…」

「なるほど…」

いつも平常心の祐介だけに、一応動揺していないふりはしているが、さすがに視線が揺れている。

それを思うと、オレは急に夕月が不憫《ふびん》になった。

祐介をめぐるライバルって点では、脅威《きょうい》以外のなにものでもないが。

「夕月も、大変だよな？」

「ん？」

「だって、十六年間もずっとあの花月のそばにいて、世話をやいてきたってことだろ？すごすぎだぜ」

てっきり祐介も同意するものと思いきや…。

「いや。逆だな…」

自然なそぶりでオレのナニを握りつつ、祐介はつぶやいた。

「ひゃ…っ。やめろってば」

あわてて祐介の手を引き剝がそうとするけれど…。

「あっ、んっ」

オレの弱いところを熟知《じゅくち》している祐介の指に、先端近くをくりくり刺激されただけで、オレもうハァハァと息を荒くしてしまっている。

我ながら、情けないやつ…。

「感じやすい疾風が大好きだよ」

ふふ…と笑いながら、祐介はオレの耳を舐《な》め始める。

「ちょ、待て…。花月と夕月の話の途中だろ？」

逆だ…とかなんとかいう、謎《なぞ》めいたその台詞《せりふ》を説明してから、コトに及んでほしい。

けど、こんなとこでされたいわけでは、決して…ない…です。ほんと…。

「ああ、そのことか」

というほど過去のことじゃないじゃんっ。

「なにが、逆なんだよっ？」

祐介の手の動きをめちゃくちゃ気にしながら訊《き》き返すと、祐介のほうもオレの反応をかなり気にしながら、面倒そうに答えた。

「大変なのは、花月のほうってことさ」

「はぁ？」

また、わけわかんないことを…。

「夕月の世話焼き好きのせいで、花月があの性格になったってことさ」

「ってゆーと、ぼんやりだったり、方向音痴《おんち》だったり、非常識だったり…ってこと？」

「ザッツ・ライト」

祐介は、そのとおりだ…とうなずいて、オレの耳をカリッと咬《か》んだ。

「や…っ」

「いちいちかまわれすぎて、自分の判断力が退化《たいか》してしまった。そういうところだな」

（マ、マジかよ？）

「でも、花月は一応自立心あるぜ。一人で日本に来たし、剣道部だって…」

「そろそろ夕月離れして、独り立ちしたかったんじゃないのかな？　だが、夕月のほうが、我慢できずに追いかけてきた…というわけだ。かわいそうに…」

「…って、そんな夕月の手助けをしたのは、どこの誰だよ？」

責めると、祐介は、顔色ひとつ変えずに、

「この人…」

と、顔を近づけ、オレの唇をちゅくっと吸った。

「ん…っ」

キスは、申し分なく気持ちいいんだけど…。

「ひどいじゃん。花月がせっかく一人でがんばろうとしてるのに…」

「僕たちの邪魔さえしなければ、応援してやったのにな。残念だ」

カラダをねじってキスするのがもどかしくなったのか、とうとうオレを自分の膝《ひざ》の上にひきずりあげながら、祐介は言った。

「あまつさえ、疾風に目をつけるなんて、趣味はいいが、許すまじ…ってね」

そ、そんな理由で、花月は、自由を手に入れ損《そこ》ねたってこと？

「しかし、夕月がくれば、厄介《やっかい》払いできると思ったのに、二人とも居つくとは大誤算《だいごさん》だ」

「でも、夕月は、祐介のことが好きなんじゃ…」

「まさか。S同士でなにをするっていうんだ？　お互いにムチで叩きあうとか？　縄を持って、追いかけあうとか？」

「う…」

思わずその様子を、祐介と夕月で想像してしまって、オレは即座に後悔する。

めっちゃホラーっぽいってば。

笑えるけど、怖い…。マジで…。

「な、不毛《ふもう》だろう？」

「ううっ。たしかに…」

オレはうなると、ブンブンと頭《かぶり》を振って、その恐ろしい映像を振り払った。

「じゃあ、なんで？」

「さぁ。多分、ひまつぶしなんじゃないのか？」

「ひまつぶしーっ？」

あの鬼気《きき》迫るお色気攻撃が？

「そう。僕に迫るふりをして、疾風がどういう反応をするかを見て遊んでる、に、フェラ五十回」

「な…っ」

夕月がオレで遊んでるってのにもビックリだが…。

「どさくさに紛《まぎ》れて、変なもの賭《か》けるなーっ」

オレは、さっきとは別の意味でハァハァ呼吸を乱しながら叫んだ。

「なぜ？　みかん賭けるよりは、ずっとエキサイティングだろう？」

「う…」

返す言葉もない破廉恥《はれんち》さだ。

ところで……。

正解の場合は、オレが祐介のを、お口でサービスしてやらなきゃならないってことなんだろうか？　それとも、祐介がオレのを？

どっちも…嫌っ。

「まぁ、近いうちに必ずやつらを追い出して、五十回でも百回でも、疾風の好きなだけ、気持ちよくしてあげるから、待ってて…」

「す、好きなだけ…って！　ノー・サンキューだっ」

「ほんと、疾風は遠慮《えんりょ》深いんだから。そんなところも好きだけどね」

よ、よくも、そんなふうに自分勝手に解釈できるよな？

「人の話をちゃんと…」

聞け…とオレが続ける前に、祐介の唇がふにゅっと重なる。

条件反射で、とろーんとなってしまうオレに、祐介は情感たっぷりに甘くささやいた。

「水入らずで…、刺しつ…刺されつ、抜きつ…抜かれつ」

オレの唇に、唇をすりあわせながら、祐介は綺麗《きれい》な顔で笑う。

「武士道の極《きわ》み…って感じだね」

花月にも教えてやらなきゃ…。

機嫌よさげにつぶやいている祐介の顔を、オレは力なく見つめる。

神様は、なぜ…こんな美しい人間に、ありえないくらい破廉恥《はれんち》な舌をお与えになったのだろうか？

今世紀最大の謎《なぞ》だ。オレにとっては…だけど。

「なに僕のこと見つめてるの？」

「え？」

呆《あき》れて…と答えようとしたが、オレは失敗する。

「あ、やっ、なにして…っ？」

「わからない？　疾風のかわいいおしりに、僕のすごいのを挿入《そうにゅう》してるとこだけど」

わかってるから、訊《き》いてるんだってば！

「こんなとこでっ」

「大丈夫。あと三十分もしたら、お湯抜いて清掃《せいそう》するってさ」

そういう問題…でもあるけど、じゃあいいか？　…ってわけでもないだろっ。

「だから、急がなきゃ…。あ、わざと最後までいかずに、ここ…興奮させたまま部屋まで競走…っていうのも、ちょっと燃える？」

「なんだよ、それ…」

（この人、変…っ）

綺麗なお兄さんが、もれなく怖くなりそうな今日この頃だ。……いまさらか！

「せっかく二人っきりなんだから、思いきり感じて…」

「やだって、ここ…外っ」

「慎《つつし》み深い疾風だからこそ、乱れさせたい…」

「や、やめっ」

困る…って。

そんなふうに切《せつ》なげに、耳もとで荒い吐息聞かせられたら、ほんとにオレ、乱れまくりそうだから。

「あっ、祐介、落ち着けってば」

口では祐介をいさめるけれども、ほんとは、オレ自身に言い聞かせてる。

「いやだ。落ち着くなんて無理だよ」

オレよりはずっと落ち着いた口調で祐介は言うと、まろやかなにごり湯の力を借りて、熱い昂《たか》ぶりをオレの中にめりこませてきた。

「んっ、やぁっ」

逃げようとして、抱き戻されたはずみに、もっと深く繋《つな》がってしまって、オレは悲鳴をあげる。

その口を、祐介が優しく唇で塞《ふさ》いだ。

「今夜は、離さない」

キスをくりかえしながら、祐介が宣言する。

「でも…夕月が…」

「夕月はどうせ花月のところだから…。疾風は僕の部屋から帰さないよ」

オレは、花月と一緒に残してきた竜司のことを思い出して、心の中で謝《あやま》る。

(すまん、竜司。せっかく二人っきりにしてやれたのに、凶悪な小姑《こじゅうと》を押しつけてしまって…)

まさか三人で…なんて事態にはならないと思うけど、できれば仲良くやってくれ。

ちょっぴり投げやりにエールを送りつつ、オレは、必死に息をつめる。

祐介が腰をゆらすたびに、あたたかなお湯に淫《みだ》らにもまれる自分のそれが、爆発しないように…。

「はっ、あっ、あ…っ」

「好きだよ、疾風…。大好き…」

唇に柔らかく吸いついてきながら、祐介が不意討ちのように告白する。

「早く二人きりの生活に戻って、家中でエッチしよう…」

「ぁ…っ」

そんな恥知らずな言葉なのに、祐介が切《せつ》なげに声を震わせるから…。

胸も下腹も、キュンっと激しく感じてしまって、オレは祐介の首をきつく抱き寄せた。

「リビングでも、廊下《ろうか》でも、玄関でも…」

ささやきながら、祐介が力強くオレを突き上げてくる。

「どこでだって、疾風が欲しい。僕は、きみの…恋の奴隷《どれい》だから…」

「ゆ…すけっ。オレも…おまえが…欲しっ。あ、あぁっ」

大好き…。

だから、ずっとつかまえてて…。

唇でじかに伝えながら、オレは優しいぬくもりに抱きしめられながら、意識を飛ばしていた。

〔特別番外編〕メガネの天使は武士道がお好き★

「疾風…？」

一瞬、廊下《ろうか》のあかりが洩《も》れこんでくるのに気づいて、俺、塚原竜司は、浅い眠りからさめる。

「こんな時間に、いったいどこへ…？」

眠れなくて、散歩にでも出たのだろうか？

(部長に就任して初めての大きな行事だからな。気が張ってるのかも…)

「意外に繊細《せんさい》なんだな…」

物心ついたころには一緒に遊んでいたから、もう十年以上のつきあいだが、疾風にそんな一面があったとは気づかなかった…。

ちょっと自信足りなげで、放っておけないと感じさせるところはたしかにあったが、芯《しん》は誰よりも強い疾風だ。

いつも猪突猛進《ちょとつもうしん》で、ちょっと大雑把《おおざっぱ》なところがあって、たかだか合宿程度で寝付けなくなるようなタイプだと思ってもいなかったのだが…。

「今、何時だよ？」

寝る前に腕から外して、枕もとに置いたはずの時計を、手探りする。

腕時計はすぐに見つかったが、廊下に続く扉は閉じられていて、部屋の中を照らしているのは、窓から射《さ》しこむ蒼《あお》い月明かりのみだ。

目をこらして覗《のぞ》きこむと、想像していたよりも早い時間だった。

「まだ…十一時前か？」

どこかの部屋で宴会《えんかい》でもやっているのか、にぎやかな笑い声が聞こえてくる。

疾風を追いかけるべきかどうか、俺は少しだけ迷う。

これが、数ヶ月前なら、躊躇《ちゅうちょ》なく部屋を飛び出していたはずだ。

だが…。

三つ並べて敷いた布団《ふとん》の向こう側の端《はし》で眠っている花月を、俺は窺《うかが》い見る。

花月・ヘミングウェイは、少し前に転校してきた日米ハーフで、親の再婚で疾風の義理の兄弟になった紫紺の生徒会長、瀬名祐介の従兄弟《いとこ》だった。

「寝てるのか？」

俺がつぶやくと、ぼんやりした蒼い薄闇の中で、カラダをまるくして横たわっていた長身が、ゆっくりと身じろいだ。

「起きてますよ」

普段は、高すぎるテンションでイカれた言葉をしゃべるふざけた野郎だが、たまにこうやって普通の返答をされると、ゾクッとくるほど色っぽいから困惑してしまう。

「疾風がどこに行ったか、おまえ、わかるか？」

沈黙がいたたまれずに、俺は疾風の話題に逃げる。

こいつが疾風にご執心《しゅうしん》で、それになぜか嫉妬《しっと》してしまう俺自身のことも、わかっていた。るのに…。

最初は、疾風に近づくこいつが邪魔なだけだったはずだ。

それが、疾風のほうにもジェラシーを感じるようになったのは、なにかひどく怯《おび》えている様子のこいつに、ふいに抱きつかれてからだった。

実は、抱きつかれたのは、疾風が目撃したというあのときだけではない。

最初に花月が俺に抱きついたのは、単純に、誰かに抱きつきたいときに目の前にいた知り合いが、俺だった…というだけの話だったのだが。

俺の抱きつき心地《ごこち》が、意外によかったらしく、それからというもの、なにかあるごとに人に抱きついてくるのだ。

一応人前でやらないよう、ちゃんと教育してやったけどな。

どうやら花月は、一人でいると、たまにひどい不安感に襲われるらしいのだ。

理由は知らない。

花月は話さないし、俺もあえて訊《き》かないから。

俺は、こいつと親密になることが、怖いのかもしれなかった。

ハマってしまいそうで…。

「疾風なら、お風呂なんじゃないかと…」

ゆるくウェイヴのかかった柔らかそうな髪を片手でかきあげながら、ゆらりと花月が身を起こす。

寝乱れた浴衣《ゆかた》の肩を軽くひきあげるしぐさも、たまらなくセクシーだ。

俺が食い入るように見つめていることに気づいたのか、伏し目がちにチラリと俺を流し見ると、枕もとを探って、手に触れた縁《ふち》なしの眼鏡《めがね》をつかみあげる。

それを開いて、天使のように美しい目もとを覆《おお》うと、その手を俺のほうに伸ばして、

「カモン」

と、ささやいた。

それだけで、股間《こかん》にカッと熱が宿る。

だが、俺は、ふとんの上で乱暴にあぐらをかくと、やつの魔力からのがれるように、花月に背中を向けた。

「誰が…」

そこでやめておけばよかったのに…。

「用があるなら、おまえが来いよ」

俺はつい、いらないことまで付け加えてしまう。

返事はない。

そのまま聞こえなかったふりで無視してくれたら、俺のほうも助かる。

(いいから、寝ちまえ…)

心の中で俺は念じる。

シンとしずまり返った部屋の中…、聞こえるのは、やつがふとんを引き上げる衣擦《きぬず》れの音と、俺自身の心臓の音。

そして、花月の短い吐息…。

「僕がそっちに行ったら、一緒に寝てくれますか?」

突然訊《き》かれて、俺はあわてる。

「なに、ガキみたいなこと、言ってるんだ? 甘えたこと言ってないで、一人で寝ろ」

抱きしめて眠りたい…。

そんな本音を隠して、冷ややかに花月の願いを拒絶《きょぜつ》する自分を、俺は一瞬憎んだ。

だが、それ以外になんと答えることができる?

抱いて寝てやる…とでも?

疾風が戻ってきたときに、抱き合って眠っている俺たちを見たら、いったいどう思う？

合宿は始まったばかりなのに、そんな風紀を乱すようなことを、この俺ができるわけない。

(頼んだのが疾風だったら？)

ふとそんな考えが思い浮かんで、俺はこぶしを握りしめた。

相手が疾風なら、仕方ないなと眉根《まゆね》を寄せながらも、当然のように抱きしめて寝てやっただろう。

けれど、花月相手には、そんなふうに言えない。

もしも今、肌を合わせたら、きっと…眠るだけではすまない。

花月が平気でも、俺は…。

彼の誘いをすげなく断わったというのに、股間《こかん》の欲望は痛いほどに興奮している。

「リュージ…」

寝なおしたとばかり思っていた花月が、ふたたび声をかけてくる。

「一緒に寝てくれなくてもいいから、メイクラヴしよう」

いつもの変な丁寧《ていねい》語じゃなく、甘えるような口説《くど》き口調で…。

(こいつ、無害なふりして、実はタラシ？)

前に突然唇を奪われたときも、今思えばひどく手際《てぎわ》がよかった。

気がついたら、舌までからまっていた…みたいな。

「だから、リュージ、こっちへおいで…」

(な、なんだよ?)

急に怒りがこみあげてくる。

まるで、俺が抗《あらが》えないと決めつけているような誘い方をしやがって。

「断わると言ってるだろうが…」

この俺を、いったい誰だと思ってるんだ?

はえある紫紺の現剣道部一の腕の、俺に向かって…。

やつにぞっこんな女の子なら、一発で腰が抜けそうな声で。

「イティズ・サレンダー。僕が行くよ。こっちのほうが奥だから、いざというときにリュージがあわてずにすむと思ったのに」

「…ぁっ」

たしかに。

部屋の入り口に一番近い俺のふとんで、まずいことになったら、ごまかしきれない。

「俺がそっちへいけば、いいんだろっ」

立ち上がろうとする花月の気配に、俺はあわてて怒鳴る。

そして、浴衣《ゆかた》の前をきつく搔《か》き合わせながら立ち上がった。

「リュージ…」

花月の前に黙って正座すると、いきなり抱きしめられる。

「クローズ・ユア・アイズ」

横文字で、吐息まじりにうながされると、背筋がぞわぞわする。

「普通にしゃべろ」

「フツウに？　僕、いつもどんなふうにしゃべってますか？」

「そんなふうだ…」

妙なしゃべり方が普通というのも、おかしな話だが…。

「ラジャりました。フツウに…フツウに…」

ぶつぶつ自分に言い聞かせるようにつぶやきながら、花月は、俺の鼻の頭に唇を近づけてくる。

「メイアイ・キスユー？」

「だから、普通に…」

「おーう、ソーリー」

申し訳なさそうに謝《あやま》ると、花月は俺の唇に、ちゅくっと唇を押しあてたあとで、俺に訊《き》いた。

「キスしてもOK?」

「もう…してるだろーがっ!」

もしかすると、こいつの時空軸《じくうじく》は歪曲《わいきょく》していて、過去と未来がごっちゃになってるんじゃないだろうか?

だって、そうだろ?

メイク・ラヴしよう…なんて言って、人を抱きしめるくせに、俺はまだ『好き』の一言だって、こいつの口から聞いてない。

ましてや、アイラブユーなんて…。

疾風には、掃《は》いて捨てるほど言ってそうだけどな。

「なに怒ってるんですか? 僕のキス、ノーグッド?」

「そういうんじゃねーよ」

俺はプイと顔を背《そむ》ける。

キスは気持ちいい。

花月の唇はちょうどよく柔らかくて弾力がある。

眼鏡《めがね》の下の長いまつげが、軽く閉ざされながら少し震えるさまもみやびだ。

「じゃあ、なにがプロブレム？」

「知るかよ。それくらい、自分で考えろっ」

俺が言うと、花月は驚いたようにまばたきをする。

「リュージは、僕を甘やかさないんですね？」

「あぁ？　…たりまえだろ？」

俺は即答する。

「なんで、自分よりデカい男を甘やかさなきゃいけないんだ？」

「なるほど…。ワン・ヴィレッジありますね」

「はぁ？」

俺は思いっきり眉《まゆ》を寄せて、訊き返した。

「なんだ、そりゃ？」

「一里《いちり》ある…と。ワン・ヴィレッジ…」

花月が繰り返すのを聞いて、やっと合点《がてん》がいく。

「おまえ…漢字変換間違えてるだろ？　一里じゃなくて、一理《いちり》…。ワン・ヴィレッジじゃなく、ワン・ポイントだ」

「アイ・シー!」

おおげさに驚いてみせる花月に、俺は激しく疲れてしまった。

なんで、愛も語ってくれないこんなやつと、異星人とのファースト・コンタクトみたいな真似《まね》を続けなきゃならないのか…。

「もういい。俺、一人で寝る」

「ノー。だめです。うそつきは、ヘルキングに舌を抜かれますよ」

「おまえのわけわかんねー言葉を解読するよりはマシだ」

投げやりに俺は言うと、花月の胸をドンと押した。

けれども…。

「じゃあ、タングトークはやめて、ボディトークしましょう」

言うなり、花月は、人の返事も待たずに、俺の浴衣《ゆかた》の襟《えり》を左右に開いた。

それこそ、引き裂《さ》かんばかりの勢いで…。

「なっ?」

「リュージのニプルズにサリュー」

ささやいて、花月は、俺の胸に唇を這《は》わせながら、そのままふとんの上に俺を組み敷いた。

「マジ、わけわかんねーっ」

俺は、文句をつけながら、抵抗する。

けれど、花月は、片手の指で軽く眼鏡《めがね》を押しあげながら、まじめな声で俺に告げる。

「でも…、ココはわかってるみたいですよ？」

「え？」

「ほら、もういやらしく尖《とが》ってる…」

イット・シャーペンと低く洩《も》らすと、花月は俺の胸の突起《とっき》に吸いつき、先端を舌と唇で
ちゅくちゅく吸った。

「あ、やめろっ」

胸を舐《な》められたくらいで感じてたまるか…と思うのに、甘い疼《うず》きがそこに集中する。

「や、あっ」

花月が尖らせた舌の先で、下からつつきあげるように乳首を刺激すると、一度そこに集
まったもやもやは、カラダ中にじわじわと広がっていく。

まるで、和紙にインクがにじむみたいに…。

もどかしい欲望が、いたるところにしみこんで、俺をおかしくさせた。

「なんでだよっ？」

恋人でもないのに…。

それも、男同士でこんなことをして、欲情までしてしまうなんて…。

(ほんと、わけわかんねー)

「ここも、オール・ウエット」

「あ、ばかっ。このヘミ野郎っ!」

俺の浴衣《ゆかた》の裾《すそ》を割り、太腿《ふともも》の奥に手をしのばせてくる花月の袖《そで》を、俺はひっぱる。

「どこ…さわってんだよ?」

「リュージのかわいいところ…」

にっこり笑って、花月がささやく。

「吸っていい?」

「う…」

的確で恥ずかしくない日本語の使い方を、もっとちゃんと教えてやらねばなるまい。

もし、このような関係を、この先も続けるというのならば…だが。

「リュージのカラダがOKと言っているので、いただきます」

いったん正座して、両手を合わせ、仰々《ぎょうぎょう》しく頭をさげると、ふたたび花月は俺をふとんに押さえつけた。

「んー、おいしそう。濡れ濡れ…ですね」

「……っ！」

どこでおぼえたのか、そんな台詞《せりふ》で俺を赤面させると、花月は、俺の股間《こかん》をてのひらでいやらしく撫《な》であげた。

「あぁ…っ」

俺はのけぞる。

そこを覆《おお》ってるのは、いつものトランクスではない。

日本古来の下着。ふんどし…。

なぜ、そんなことになったかといえば、風呂あがりに着替え用にもっていった俺の下着が濡れていたからだ。脱いだやつまで一緒に…。

脱衣所《だついじょ》で、水鉄砲を持った子供が暴れていたから、多分そいつらのしわざだとは思うが。

困っていると、花月が、自分の着替えがおろしたてだから…と俺に握らせてくれたのが、これだった。

仕方なく受け取ってしまった俺も俺だが…。

マがさした…というか。

ガキのころ通っていた道場の合宿で、海に行ったときに、全員それの赤いやつをつけさせられて、遠泳《えんえい》をさせられたりしていたから、どうにかなるような気がしていたのだ。

つけ方がわからなくて困っている俺のうしろにまわって、そっと手助けしてくれたのは、もちろん俺にそんな古風な下着を渡したこいつ…、大の日本好きのヘミ野郎だったというわけだが。

もしかして、罠《わな》？

超天然でお人よしっぽい天使のような顔は、仮面？

「スプレンディッド…。すばらしいです、リュージ。ふくらみ具合といい、濡れ具合といい、日本の武士、最高…」

「なにが武士だ？」

剣道部員だからといって、武士と一緒にされたら、武士のほうが迷惑だろう。

だが、花月は、

「リュージは、最初に会ったときから、武士っぽいと思ってました」

そう言い張って、譲《ゆず》らない。

「どこが、武士だっていうんだよ？」

俺が問いつめると、花月はくちごもった。

「……よくわからないけど、ここのかたちとか？」

そう言うと、花月はふたたび俺のものを撫《な》であげる。

今度は、さっきみたいに、そろり…って感じじゃなく、重さや形状をたしかめるみたいに、手の上でたぷたぷと弾《はず》ませるやり方で。

「あっ、はぁっ」

なぜそんなことをされたくらいで、こんなに身悶《みもだ》えるくらい感じてしまうのかが、俺にもわからない。

「あーやっぱり。リュージのここには、武士道を感じます」

「な…」

呆《あき》れて、返す言葉も見つからない。

「ずっと気になってたんです…。リュージにこのジャパニーズ・オールド・ビューティフォーな下着をつけてもらったら、どんな感じにここが揺れるのか」

「はぁ？」

「想像するたびに、僕のここも…」

花月は、俺の手をつかむと、強引に自分の浴衣《ゆかた》の中に導く。

そして、すでに熱くなっている花月のものを握らせた。

「ね？　ソー・ホット…」

吐息でささやいて、ゆるく俺の手を押し付けさせる。

その瞬間、俺の股間《こかん》も、これ以上ないってくらい熱くなってしまった。

「リュージのふんどし姿、想像しては、熱くなったここを自分で慰めてました」

「く…」

あまりにストレートすぎる告白（？）に、俺は絶句する。

好き…と言われるのと、おまえで欲情する…と言われるのでは、どっちがより喜ぶべきなのだろう？

だんだんわからなくなる。

だが、嫌じゃない。……そんな自分が、俺は嫌だった。

（ここで、ついでに『好きだ』と言ってくれたら…）

身も心もこいつにくれてやってもいいのに…。

そんなことを考えている自分に気づき、俺はまた固まる。

（乙女《おとめ》かよ、俺は…）

ふんどし姿で、勃《た》てた股間を撫《な》でまわされている乙女なんか、いるわけもないが。

けれども…次に花月が口にしたのは、さらに衝撃的な言葉だった。

「夕月が、してくれる…っていうのも、断わったんですよ？　リュージのことを考えながら、一人でしたかったから」

ほめてくれ…とねだっている仔犬みたいな目で見つめられても困る。

（ていうか、俺になんと返答しろとっ？）

夕月というのは、花月をLAから追いかけて転校してきた、恐ろしいまでのお色気美人だ。

これまでは、花月の兄弟だと思っていたので、彼が花月にベタベタしてくるのは、ある意味仕方のないことだと納得していたが、これからは別な目で見てしまうかもしれない。

そう…、嫉妬《しっと》、もしくは警戒心まるだしで。

「いつも、夕月に…してもらってるのかよ？」

訊《き》きながら、なぜか俺は、泣きたい気分になる。

想像してしまったからだ。夕月が花月のものを咥《くわ》えるところを…。

兄弟で不潔だ…とかそういうのではなく、悔しくて…。

「今は、拒《こば》んでますよ？　リュージに悪いから」

「俺に？」

つきあっているわけでもないのに？　好きとも言ってもらえないのに？

「だって、夕月にしてもらったら、リュージ、泣くでしょ？」

「誰がっ？　いい気になってんなよっ」

「いい気？　気持ちいいってこと？」

違う…という前に、花月は俺の唇に、気持ちよすぎる長いキスをする。

「ん…、ぁっ」

俺がキスにのぼせあがっているすきに、花月はスウと口もとを、俺のカラダに沿ってすべりおろすと、いきなりふんどしの横から俺のものを外に引きずり出し、キスしたばかりの濡れた唇に含んだ。

「あ、やぁっ」

さっきが最高レベルだと思ったのに…。さらに計量器の針を振り切る勢いで、俺のそこは、熱く…甘く…疼《うず》く。

「も…やめっ」

俺は両手で頭の下の枕にしがみつきながら、必死に快感と戦う。

これ以上いくと、自分がわからなくなりそうだ。

だから、もうやめてほしいのに。

「ノー。お楽しみは、これから…」

俺のものを舌でうまそうに根もとから舐《な》めあげながら、花月はささやいた。

「リュージのデリーシャスなここを、たっぷりかわいがってあげるよ」

「や…」

花月がちょっと口調を変えただけで、怖い。

でも、その怖い感じがまた、俺の下腹の奥をキュッと疼《うず》かせる。

「変だ。俺…」

「ストレンジ？　それは、リュージが僕に愛されて、綺麗《きれい》なチョウチョに変わろうとしているからだよ」

「愛…され…て？」

「そう。愛されて…」

自分がなにを言っているのか、花月がわかっているのかいないのか、俺にはわからない。

行為自体のことを、そんな言葉で表現しているだけかもしれないのに。

なんだか嬉《うれ》しくて、俺は泣いてしまう。

これもきっと愛。多分…。

でも、花月のバカが「猪鹿蝶《いのしかちょう》、最高…」とか、わけわかんねーこと言うから、俺は急におかしくなった。

「なんで、笑うの？　かわいいけど」

泣き顔も…。

照れたように付け加える花月のほうが、かわいくて、俺は、ふたたび股間《こかん》をしゃぶろうとする花月の浴衣《ゆかた》の襟《えり》をつかみ、グイとひっぱりあげた。

「天気雨《てんきあめ》…。雨4光《あめしこう》は、猪鹿蝶より強いんだぜ」

「はい？」

「もっと…いろいろ教えてやるよ。日本のみやびを…」

武士道とは、ちょっと違うかも…だけどな。

「こいこい？」

かわいく首をかしげて尋ねるメガネの天使、もしくは王子様の首に腕をまきつけ、自分から唇を近づけながら、俺は「イエス」とうなずいていた。

〔特別番外編・2〕甘えられたいお年頃★

そのころ、夕月は…。

「花月たちの部屋って、このあたりだよね？　いきなり乱入したら、花月のやつ、どんな顔するかな？　合宿のあいだは羽をのばせると思ってるかもしれないけど、そうはいかないんだから」

ふふ…と笑って、鼻歌（メリーさんの羊）まじりに、結構お気に入りの浴衣《ゆかた》姿で、目当ての部屋をさがす。

もちろん、浴衣の下は、ノー下着だ。

夕月に声をかける勇者が一人…。

「あ、あの…。夕月・ヘミングウェイ先輩ですよね？」

「ん…？」

「いつも学校で、お兄様のこと見て、胸をときめかせてました。こんなところでお会いできるなんて、もう運命としか…」

わりと好み…と思いつつ、夕月は澄ました顔で値踏《ねぶ》みするように瞳を細めながら、やはり高校生らしい浴衣姿の少年を見つめる。

「きみは？」

「あ、すみません。俺、紫紺剣道部一年の柴崎です。花月さんにもいつもお世話になっていて…」

「花月に、お世話なんて、できるの？」

「え？」

一瞬ビクッとしつつも、柴崎は、まるで恋の魔法にでもかかったみたいに、とろけそうな顔で、夕月にうなずいた。

「もちろん。ハカマのつけ方がちゃんとしてなかったりしたら、マメに直してくれたり」

「なるほどね…」

「それより、もしおヒマなら、僕たちの部屋にきませんか？　みんなも夕月さんのファンなので。俺たちみんな、夕月さんの親衛隊志望なんです」

柴崎は、瞳をうるうるさせながら言う。なれなれしそうに誘ってくるけれども、カラダが震えてる。きっと、必死に勇気をふりしぼって、話しかけてきたのだろう。

そこがいきなり夕月のツボをついてしまった。

(かわいいじゃない…)

花月の寝込みなら、いつでも襲えるし、ここはひとつ、あらたな仔犬ちゃんたちをあやしてみるか？

ふいにそんな気になって、夕月はにっこり笑うと、優しいお兄さんぶりっこでうなずいた。

「いいよ。ちょうどヒマしてたから」

「ほんとですか？」

いやったぁーっ！　とガッツポーズをとる柴崎を、夕月は微笑《ほほえ》ましく見上げる。

(なんか新鮮かも…)

最近の花月ときたら、やたら独立したがりで、かわいげがないから。

「じゃ、行こうか？」

自分から腕を組んでやると、柴崎が突然硬直した。

「なに？」

「今、なにかが俺の太腿《ふともも》に…」

「あ…」

(忘れてた…)

腕を組もうとカラダをすり寄せた瞬間に、フリーな股間《こかん》のものが当たってしまったらしい。

「あの…」

「気にしない、気にしない」

そう言いつつ、わざとすり寄せてみたりして。

そのたびに真っ赤になる柴崎が、かわいい。

歩きながら、微妙に前かがみになってしまっているところも、たまらなく…。

「かわいい」

クスッと笑うと、柴崎が恥ずかしそうにうつむきながら告白する。

「先輩のほうが、百倍かわいいです」

その台詞《せりふ》に、不覚にもキュンときたりして…。

(なんだろう？　今のキュン…)

夕月にも、兄弟離れのシーズンが、そろそろ近づいているのかもしれなかった。

あとがき

本日はお日柄《ひがら》もよく、パレット文庫『きみは僕の恋の奴隷♥』をお手にとってくださいまして、どうもありがとうございました。

オニを愛しキュンに生きる、おにきゅん戦士★南原兼です。

おかげさまで、おにきゅん伝道の書も、この本で九十九冊になりました。ついに青春の三桁《けた》にもリーチ！

これからもおキチク様の愛と平和のために、日夜《にちや》がんばりますので、末永く、どうぞよろしくお願いいします。

同シリーズ既刊《きかん》『きみはかわいい僕の奴隷♥』『あいつはキチクな俺の奴隷♥』も、ご一緒に楽しんでいただけましたらさいわいです。

さて、この祐介《ゆうすけ》と疾風《はやて》ですが、いったいどれだけやれば気がすむんだー？　って感じですね。まだやるのー？　と突っ込みつつ書いている私は、ただの二人の奴隷…。

今回ヘミくんと竜司《りゅうじ》のアレなナニも収録できて、大変楽しかったです。

Sな夕月《ゆづき》くんも、実は何気《なにげ》にお気に入り。幸せになってほしいものです(笑)。

今回もお世話になりまくりました、こうじま奈月先生♥　めっちゃキュンキュンなイラストをありがとうございます〜。今年こそおいしいもの食べに行きましょうね。からだに気をつけてがんばってくださいっ♪

いつも支えていただいている担当の大枝さま、この本の発行にあたってお世話になりました皆々様に、心から感謝を捧げます。

そして、読んでくださる皆様には、ウルトラすぺしゃるな感謝を♪

ご感想お聞かせいただけましたら幸せです。

南原関連のあれこれは、HP『おにきゅん帝国』のダイアリ他、メルマガ等でチェキってくださいね。

ではではまた笑顔でお逢《あ》いしましょう。

愛をこめて♥　南原兼&108おきちく守護霊軍団

『きみは僕の恋の奴隷♥』のご感想をお寄せください。

♡おたよりのあて先♡

南原　兼先生は

〒101-8001　東京都千代田区一ツ橋二―三―一

小学館・パレット文庫　南原　兼先生

こうじま奈月先生は

同じ住所で　こうじま奈月先生

南原　兼
なんばら・けん
1月1日生まれ。山羊座のB型。誕生星は、こと座α星ヴェガ。愛と平和と快楽のために戦う、おにきゅん★戦士。
シンボル・タロットは『魔術師』。座右の銘は『一日一善』。
ドリーマーで死語ハンター。豹柄&ユニオンジャック・コレクター。
愛読書は、シェイクスピアとアガサ・クリスティと辞書などなど。
使う剣(マシン)は『黒VAIO(頼リン)』。
HP『おにきゅん帝国』はこちら↓。遊びにきてね♥
http://www014.upp.so-net.ne.jp/kyun/

パレット文庫
きみは僕の恋の奴隷♥
2004年10月1日　第1刷発行
著者
南原　兼
発行者
笹原 博
編集人
米満賢剛
発行所
株式会社小学館
〒101-8001　東京都千代田区一ツ橋2-3-1
編集 03(3230)5455　販売 03(5281)3555
印刷所・製本所
凸版印刷株式会社

ISBN4-09-421359-7

天使のような人だから…

佐々木禎子／作　深井結己／イラスト

天涯孤独の身となった正樹。奇妙な客人との生活は心癒される愛の生活だったが…?!

キャットウォーク事件簿 No.2

新田一実／作
富士山ひょうた／イラスト

麻薬がらみの突然死事件!!　将と悠次の危機に怪猫タマとボス犬カイザー出撃!!

来月新刊のお知らせ

パレット文庫

僕は君しか愛せない	池戸裕子 イラスト／紺野けい子
東京少年王 〜秘密の聖堂〜	七海花音 イラスト／おおや和美

※作家・書名など変更する場合があります。

10月1日（金）ごろ発売予定です。　お楽しみに!